천년의 시 0151

시
바
람
느
끼
기

천년의시 0151

시 바람 느끼기

1판 1쇄 펴낸날 2023년 12월 22일
지은이 김상조
펴낸이 이재무
기획위원 김춘식, 유성호, 이형권, 임지연, 홍용희
책임편집 박예솔
편집디자인 민성돈, 김지웅, 정영아
펴낸곳 (주)천년의시작
등록번호 제301-2012-033호
등록일자 2006년 1월 10일
주소 (03132) 서울시 종로구 삼일대로32길 36 운현신화타워 502호
전화 02-723-8668
팩스 02-723-8630
블로그 blog.naver.com/poemsijak
이메일 poemsijak@hanmail.net

김상조ⓒ, 2023, printed in Seoul, Korea

ISBN 978-89-6021-746-1
      978-89-6021-105-6 04810(세트)

값 11,000원

*이 책은 광주광역시 GWANGJU CITY, 광주문화재단 Gwangju Cultural Foundation 의 청년예술인창작지원사업으로
 지원받아 제작되었습니다.

시
바
람
느
끼
기

김 상 조   시 집

천년의
시 작

모두, 바람 속에서
일어나는 일들이었다.

차 례

시인의 말

제1부 바람에게로

제2부 시 바람 느끼기

제4부 오르와

제1부 바람에게로

행방

건너편에는 미지의 사람이 살고 있다. 그 사람에 대해 내가 알고 있는 건 건너편에 살고 있다는 것 하나뿐이다. 때문에 그는 신비로움과 함께 내 여지 속에서 완전히 존재하고 있다. 그에게 무한한 호기심을 느끼는 난 그에 대한 관심을 끊을 수 없다. 우리 모두가 느끼기에 안보다 밖의 날씨가 쾌적하다고 느낄 것이라는 확신이 감돌 때 그의 창은 시원스럽게 열린다. 그러나 그는 보이지 않고 그의 엷은 실크빛 커튼만이 바람에 조금씩 하늘거리는 모습이 보인다. 그 사이로 보이는 '그의 책상 그의 노트북 그의 책 그의 펜과 종이' 그는 벽 가장자리의 침대에서 잠이라도 자고 있는 걸까? 아니면 내가 알지 못하는 곳에서 유유자적한 하루를 보내고 있는 걸까? 내가 그를 알아내려고 하는 순간 그는 무참히 깨져 버리기 때문에 그를 알지 못하는 상태를 유지하기로 한다. 그의 창으로 계속해서 바람이 들어가고 커튼이 주름져 계속해서 펄럭인다. 그것은 언뜻 얇게 저민 입술처럼 보이기도 한다. 이내 그로부터 약간의 다른 색채로 빠져나오는 기다란 숨결이 일부 나의 창으로 들어와 커튼을 펄럭이게 한다. 이럴 때면 내 시야의 흐름에 감싸인 '나의 책상 나의 노트북 나의 책 나의 펜과 종이'가 무척 생동감 넘치게 변한다. 의문이 부풀어지고 집이 날 의자에 앉힌다. 그리고 쓰게 한다. 계속해서 쓴다. 넘겨본 공간엔 쓰고 있는 그의 실루엣이 보인다.

유령에게로

서로를 소화하기 힘든 우리는 다른 식량을 찾아보지만 올해는 대기근이야 바람의 가격이 폭등해 먹을 수 있는 건 당신뿐인데 당신은 왜 이렇게 내 입맛에 맞지 않을까? 우리는 어쩔 수 없이 살기 위해 서로를 요리하기로 합니다. 국은 당신이 우러나올 테니 싫어, 굽는 건 당신의 살 냄새가 진동할 테니 싫어, 우린 서로의 못생긴 바람을 가지런히 다듬고 자잘하게 썰어 팬에 기름을 두르고선 모조리 붓는다. 그리고 강불로 레버를 돌린다. 지지고 볶는다. 소금과 후추를 넣어 간을 한다. 그리고 한 입 먹는다. 그와 동시에 뱉는다. '이건 세포의 맛이 아니야, 당신⋯⋯' 우린 같은 시선으로 서로를 본다. '당신⋯⋯ 대체 어떻게 살아왔길래' 우리는 이내 돌아선다. 그리고 각각의 방으로 가 눕지도 못하고 앉지도 못하고 벽에 기대 생각한다. '우리 어쩌다 이렇게 됐을까? 당신의 모든 것을 먹을 수 있다 느꼈던 적이 있었던 것 같은데⋯⋯, 그저 바라만 보아도 당신을 소화할 수 있다 느꼈던 적이 있었던 것 같은데⋯⋯' 더는 이래선 안 된다. 분위기를 전환할 대사건이 필요하다. 그들은, 새 바람을 찾기로 한다. 이왕이면 누가 봐도 산뜻한 분위기를 풍기는 잘생긴 모양의 바람을, 그들이 문 앞에 선다. 손잡이를 잡는다. 그러나 잡지 못하고 그대로 문에 기대 생각하기를 올해는 대기근이야 바람의 가격이 폭등해 먹을 수 있는 건 당신뿐인데 당신은 왜 이렇게 내 입맛에 맞지 않을까? 그렇게 우린 서로의 방으로 나오지도 들어가지 못하고 방 안 가득 텁텁하게 채워진 공기에 그대로 그대로가 되어 본다.

나에게로

앞뒤로 꽉 막힌 비좁은 방 속에서 소화불량에 걸린 공기들, 그들이 스스로를 진단해 보기를 아무리 샅샅이 달라붙어 뒤져 봐도 이곳을 빠져나올 방법이 없다. 그래서 그들은 기다리기로 한다. 아주 조금씩 벽의 구멍을 통과하는 속도로 일단 우리들 중 일부라도 새어 나온다면 그들은 곧 우리를 알아봐 줄 이를 어떻게든 불러올 것이다. 그는 문을 열 것이고 넘치는 공기가 한순간에 우리의 끈적거리는 기저를 무시 가능할 수준으로 만들 것이다. 그러나 이건 너무 먼 미래의 일이기에 우리는 우리 자신을 꺼뜨리고 기다리기로 한다. 막 눈꺼풀이 생긴 태아의 눈뜸의 시차처럼 곧 문 두드리는 소리가 난다. 그가 벽을 두드리고 있다. 우리는 답할 수가 없다. 울림을 퍼뜨릴 목구멍이 없었기 때문에 그가 벽을 깨부수고 있다. 우리는 답할 수가 없다. 어떻게 말하는지 기억이 나지 않기 때문에 그가 벽을 깨뜨렸다. 우린 한순간에 그의 찡그린 얼굴이 되었다가 당겨진 얼굴이 되어 사라진다. 또다시 이런 일이 반복되지 않도록 그가 우리를 위해 방법을 생각한다. 그러나 아무리 생각해도 방법이 없다. 그래서 만들기로 한다. 마지막 불이 다 사그라진 후에도 아직 마지막으로 태울 수 있는 몇 개의 꽃이 남았다 말하는 사람처럼 잃기 전까진 나를 찾을 수 없었는데 모두 잃고 나니 내가 잃어지지 않아 말하는 사람처럼 우리가 내내 그려 왔던 장소, 턱을 괴기 딱 좋은 창문이 있는 집, 그 창을 통해 온갖 천연색의 풍경을 볼 수 있는 집을 그가 상상하고 있다. 만들어 가고 있다. 우린 점차 발그레한 빛이 된다. 여러 숨결이 버무려져 맞닿는 면마다 깊이를 만든다. 바탕에는 우리가 나아가야 할 방향이 있다. 공기의 한 점을 집고 당긴다. 주변의 내가 투명의 관심을 끈다.

비밀

비밀이 있다. 이유가 생긴다. 비밀이 없다. 이유가 사라진다. 비밀을 들킨다. 수치스러워진다. 비밀을 들춘다. 혼란스러워진다. 그가 임시방편으로 우리의 틈에 비밀을 숨겨 두기로 한다. 많은 시간이 지났고 이제 그것을 열어도 될 것 같다. 그러나 그것은 흉터처럼 알 수 없는 문양이 됐다. 때문에 그것을 꼭 들어맞게 열기는 거의 불가능하다는 결론이 나온다. 그들은 고민 끝에 열쇠공을 찾아가 부탁한다. 그는 그들의 얼굴을 찬찬히 바라본다. 그리고 비밀의 표정을 꺼내 각자의 얼굴에 씌워 주며 마주 보게 한다. 마주 본다. 똑바로 보지 못하고 콧잔등을 바라보다가 서서히 눈을 위로 올리며 그것이 아주 뜻밖이라는 듯이 서로를 마주친다. 도중에 그들은 서로가 원래 누구였는지를 눈치챘다. 그러나 그들은 여전히 서로를 바라본다. 첫 느낌이 마지막까지 연장된 사람처럼 그들의 시선 속에서 천천히 용액이 자아진다. 이 용액을 비밀의 틈새로 열쇠공은 퍼부어 본다. 그리고 굳힌다. 그리고 돌린다. 틈새가 벌어진다. 비밀을 꺼낸다. 그러나 비밀이 무슨 내용인지는 여전히 비밀로 감싸여 있다. 그래도 비밀은 비밀로써 힘을 주고 비밀로써 뒷바람을 불어 대고 비밀로써 만족할 수 있는 보루를 만든다. 비밀의 비밀 속으로 들어간다. 말하지 못한 이야기들이 투명하게 퍼져 있다. 문득 눈앞을 지나가던 흐름이 일부 얇게 저며져 우리의 얼굴을 덮는다. 히죽 새어 나오는 웃음을 참을 수 없다. 비밀이 공공연해진다.

사실

금기는 아직 생겨나지 않았다. 우리는 자칫 감정에 휩쓸려 무엇이든 저지를 수 있는 상태가 된다. 그러나 우린 서로를 사랑해 서로밖에 몰라 서로를 위해 그 무엇도 할 수 있는 상태이기도 하다. 그러나 우리 밖의 우리도 서로를 사랑해 서로밖에 몰라 서로를 위해 그 무엇도 저지르거나 할 수 있는 상태이다. 때문에 서로 밖의 서로를 모르는 우린 상대의 영역에 가지 않는 것만이 서로가 알고 있는 유일한 금기가 된다. 그러나 서로의 영역으로 하나둘 넘어오는 우리와는 같은 듯 다른 냄새가 같은 듯 다른 소리가 같은 듯 다른 자취가 서로를 두렵게 한다. 두려움은 두렵지 않은 것보다 강하다. 어느 시점에 이르자 우리는 정도를 넘어서게 됐고 통제 불능의 상태에 빠진다. 결국 그가 용기 있게 말한다. 여길 떠나는 것보다 아무래도 두려움의 근원을 없애고 오는 게 좋겠어. 곧장 그들은 서로의 영역을 찾아가기로 한다. 가까워질수록 점차 긴장된 입술로 떨리는 눈으로 그들은 걸음을 옮긴다. 그리고 마침내 그 수풀 사이에서 각각의 잎사귀를 치우며 그들이 서로를 마주쳤을 때 우린, 그대로 굳어 잠잠히 서로를 본다, 서로를 보고, 또 서로를 보다가 천천히 뒷걸음질 치며 자신의 영역으로 되돌아간다. 도대체 무엇을 두려워했는지 옆구리를 긁적거리면서, 땔감에 불을 붙인다. 각각의 연기가 하늘 높은 곳에서 뒤섞여 간다.

바람에게로

나는 심각하다. 사건은 아직 일어나지 않았지만 내가 아무리 버둥거리며 억울함을 토로하더라도 내게서 떨어지지 않는 그들은 날 몰라줄 것이기 때문에 그저 자신의 온갖 불안의 가능성을 내게 덧씌우며 사슬에 묶인 개처럼 엄한 표정을 지을 것이기 때문에 그저 뻥 뚫린 풍경 앞에서 시야가 푸름의 벽에 막힐 때까지 고개를 옆으로 기울여 보고 위로 제쳐 보고 손바닥으로 두 눈을 가려 보아도 내가 이렇게나 넉넉하게 있는데 그래도 그렇지, 너흰 어떻게 날 그렇게 야멸치게 바라볼 수 있는 거니? 어떻게 내 틈새를 미끼 삼아 날 완전히 재단해 버릴 수 있는 거니? 개인과 개인 간의 일이었다면 다름으로 이해할 수 있었던 일이 수많은 개인을 등에 업은 한 개인이 됨으로써 날 꼼짝 못 하게 한다. 하지만 여긴 사람 하나를 충분히 마취시킬 만큼 고도가 높고 밀도가 낮아 그리하여 내 사랑하는 서로들의 숨결만큼은 내 이마로 줄기차게 불어오고 있으니 그래, 옷단을 교차로 가로질러 잡고 앞으로의 사건과 함께 그동안의 인정을 들어 올려 벗는다. 책임질 사람이 지금의 시야밖에 없다. 눈앞의 투명함 하나를 만진다. 투명함이 손가락 그대로의 색과 형상으로 모습을 드러낸다. 나는 배경이 머무는 장소의 아이이자 부모, 무수한 인정이 내게로 새롭게 덧입혀진다. 그들은 결코 날 알지 못할 것이다. 그것이 좋아졌다. 저 지평 너머로까지 흐름이 넉넉하게 말려 들어온다.
투명이 투명을 알아본다. 모두 바람으로 살아가고 있었다.

주홍빛 바람 속에서

나와는 상관없는 내가 나를 계속 관찰한다. 혼돈과 질서의 신이 잡아당기는 끈의 진동으로 나는 지각하지 않아도 지각되고 사용당하더라도 사용한다. 그가 처음 접한 오렌지는 아주 시었다. 두 번째로 접한 오렌지는 아주 달았다. 세 번째로 접한 사람 앞에서 오렌지는 망설인다. 주저하지 않았을 오렌지도 많았겠지만, 이 오렌지는 망설였다. 그의 입에서 곧 오렌지의 상태가 결정된다 하더라도, 오렌지는 제 상태를 끌어올리는 중이다. 그가 오렌지를 보며 생각에 잠긴다. 그러니까 오렌지가 앞으로 어떻든 간에 이제 오렌지에게는 아무 인정도 아무 잘못도 없는 것이지요? 단상에 오르거나 재판받을 필요가 없는 것이지요? '그때 그 밖의 그도 그를 서술하기 시작한다' 그러니까 오렌지를 들고 고민하는 그 역시 그로써 태어나 자신도 알지 못하는 힘의 흐름으로 스스로 선택했다고 확신당했지만 확신했기 때문에 거부할 수 없이 다가오는 환경적 자극에 압도당했지만 압도했기 때문에 자잘한 생각과 순간적인 충돌과 그것에 대한 억제력과 추진력과 지속력까지도 통제당했지만 통제했기 때문에 야유에 이르기까지 칭송에 이르기까지 그는 그로써 충실히 살아왔으니 아무 인정도 아무 잘못도 없는 것이지요? 단상에 오르거나 재판받을 필요가 없는 것이지요? **그가 오렌지의 바람을 손에 쥐고**

그 껍질을 까 낸다. 그의 안팎의 입 속에서 그의 상태가 결정
됐다. 그리고 그건

계획

계획은 이미 계획되는 순간 실현된다. 그리고 이차적으로 한 번 더 실현되기를 바란다. 계획을 세운다. 바람이 눈을 틔운다. 계획을 접는다. 바람이 열린다. 계획을 눈 위로 띄운다. 바람이 눈앞에 날린다. 하나부터 열까지 세운 계획은 꼭 하나만큼은 실현될 것이기 때문에 계획은 더 나긋나긋해지거나 무시무시해진다. 그러나 어디까지나 계획은 계획일 뿐이라는 언저리의 생각이 갈라지지 않기 때문에 계획을 찢기로 한다. 가리가리 찢는다. 그와 동시에 계획의 가닥들은 바람에 몸을 맡기며 전과는 다른 방향으로 덧붙여진다. 그래, 또다시 새롭게 빛나는 계획을 접어 머리 위에 쓴다. 계획과 함께 나간다. 온종일 아무 계획 없던 공기가 내게 이끌려 들어온다. 계획은 보기 좋게 무산될 것이다. 그러나 실패도 계획으로 만들 계획은 이미 내 머리 위에 씌워졌으니까, 아무래도 상관없이 다시 계획한다. 그의 까치집 진 머리부터 발바닥의 굳은살까지 과정 과정의 흠집마저 점차 소중해지는 이야기를, 쓴다. 머리 위로 몇 번이고, 그가 그로써 위대해질 때까지 그리고 한 번 더 위대해지기를 고대하기까지, 그가 추상성에서 구체성으로 들어간다. 미미한 솜털의 흔들림까지 미리 경험한다. 무수한 계획이 앞뒤로 지나간다. 내가 꿀릴 리는 없다. 잠시 계획을 벗고 이마를 닦는다. 계획 속에 한 움큼

의 바람을 넣는다. 넉넉하게 부풀어진 계획을 다시 뒤집어쓴
다. 그리고 간다. 빼곡히 접어진 결과를 펼칠 드넓고 높다란

행위

그가 가까이 다가와 묻는다. 당신은 의지할 수 있는 사람
인가요? 아니면 의지할 수 있는 사람인가요? 아니면 의지할
수 있는 사람인가요? 나는 시선으로 답한다. 그러자 그가 좀
더 가까이 다가와 다시 묻는다. 당신은 믿을 수 있는 사람인
가요? 아니면 믿을 수 있는 사람인가요? 아니면 믿을 수 있
는 사람인가요? 나는 시선으로 답한다. 그러자 그가 좀 더 가
까이 다가와 묻는다. 당신은 확신할 수 있는 사람인가요? 아
니면 확신할 수 있는 사람인가요? 아니면 확신할 수 있는 사
람인가요? 나는 시선으로 답한다. 그러자 그가 들어올 듯 말
듯 내 얼굴을 간질거리며 다시 묻는다. 당신은 내쉴 수 있는
사람인가요? 아니면 내쉴 수 있는 사람인가요? 아니면 내쉴
수 있는 사람인가요? 나는 시선으로 답한다. 그리고 더 이
상 가까워질 수 없는 그에게 내가 좀 더 가까이 다가와 묻는
다. 당신은 (우리가) (정말로 원하는 것을) (후련하게) 할 수
있는 사람인가요? 그가 시선으로 답한다. 서로에 대해서 충
분히 확인한 우린 서로에게 층층이 달라붙어 점점 떨어지거
나 불어나는 무게로 꽉 막힌 정적에 활성을 불어넣고 있었다.

제2부 시 바람 느끼기

시 바람 느끼기

'이곳은 내가 꿈꿔 왔던 시집으로만 채워진 서점, 많은 사람이 삶의 위안과 힘 저마다의 해답을 얻기 위해 이곳을 찾고 있다. 세상 모든 이야기가 시적으로 표현된 오묘함 속에서, 종이를 조심히 쓸어 넘기는 소리들. 문득 드러나는 어렴풋한 살갗의 윤곽이 볼을 스쳐 가는 듯하다. 그럼 서점을 한 바퀴 천천히 둘러봐 보자.'

입구에서 왼쪽으로 계속 들어가 본다. 그러자 곧 사람들이 소파에 앉아 부드러운 눈길로 시집을 읽어 나가는 모습이 보인다. 다들 무슨 시를 읽고 있는 걸까? 가까이에 있는 한 진열대를 훑어보니 '수ㅁ 하고 길게 발음하면' '어떤 웃음은' '꽃잎 동영상' 등 감성을 자극하는 시집의 제목이 보인다. 그중 가장 마음에 드는 한 권을 집어 본다.

파란 호수에 신록이 드리워진 표지
시집을 펼쳐 제목에 해당하는 시를 찾아본다.

결을 잡아 얼굴을 그리는

바다였는지 몰라요
아뇨 파도였는지도 몰라요
처음 그대가 내게 얼굴을 들이밀었던 순간
그 향기로운 신맛에 멈칫하는 법을 배워야겠다. 마음먹은 건

달과 바람과 물고기만 아니었다면 당신을 영원히 기억했
을 테지만
계속해서 어긋나 버리는 제 결을 다시 맞출 수는 없었죠

그동안 얼마나 많은 것들이 변해 왔던가요
가둬진 바닷물이 석호가 되기까지

물새의 발에 제 범람하는 표피가 쥐어질 때야 비로소

그대의 얼굴을 온전히 잡기 위해
필요했던 짧은 순간을 더 짧게 쪼개는 연습이 필요하단 걸
알았죠

그대가 다시 내게 얼굴을 한번 드리워 준다면
빗금이 늘어난 그대 얼굴에 나 섬세히 결을 모아

젊음으로 일렁거려 줄 텐데

햇살에 지진 몸 달아나지 않는 포근함을 안쪽에 잔뜩 모
아 놓았어요
어서 제가 있는 호수로 입술을 대어 보세요

되풀이되는 것처럼 보이는 물결 속에서
오랜 시간 레몬즙으로 써 내려간

'계속 아름다워지고 있어' 라는 문장이
축축한 그을림으로 드러날 테니까요

시집을 조심스레 덮고 앞으로 좀 더 걸어가 본다. 가판대
에 있는 시집을 보니 여긴 모두 사물에 관한 시들로 이루어
진 것 같다. 말에 의해 정해진 사물의 경계를 다시 말에 의
해 해방하는 시들……, '세 개의 시계' '손거울' '나무 자국이
난 도끼' 등 흥미를 유발하는 제목이 많이 보인다. 그중 유난
히 눈에 들어오는 한 글자 제목에 찻잎이 동동 띄워진 표지,

>

다가가 집어 본다.

시집을 펼쳐 해당하는 시를 찾는다.

차茶

　돈은 카드에 있다 불은 나무에 있다 뇌는 머리에 있다 돈 없는 카드는 있다 나무 없는 불은 있다 뇌 없는 머리는 없다 돈 없는 카드는 카드가 아니다 돈 없는 카드도 없다 나무 없는 불은 불이 아니다 나무 없는 불도 없다 돈과 불과 뇌가 많다 따뜻하다 배부르다 안락하다 이해가 많이 된다 눈물과 웃음이 넘친다 괴로워진다. 카드가 없다 나무가 없다 괜찮아졌다 멋있어졌다 또다시 괴로워진다 카드가 있다 돈을 모두 뺀다 나무가 있다 불을 모두 뺀다 괜찮아졌다 멋있어졌다 눈치가 없다 뇌가 뜨겁다 눈물과 웃음이 넘친다 카드가 있다 나무가 있다 머리가 있다. 오목한 곳에 물이 있었다.

　좌측 벽면을 따라 우묵하게 들어간 공간이 여럿 보인다. 그중 하나에 들어서자 네모나게 난 작은 창에서는 어느 시기인지 모를 빛이 들어오고 있고, 바로 앞에는 앉을 수 있는 방석이 몇 개 놓여 있다. 입구에 커튼을 치고 그대로 앉아 가만히 있어 본다. 서서히 이마가 부드러이 풀어지는 듯한 느낌이 든다. 옆으로 눈을 돌려 책장을 봐 본다. '첼로 연주' '여름 구름 촬영기' '겨우살이' 등 일상 속 경험으로 이루어진 것 같

은 제목이 많이 나열되어 있다. 무엇을 읽어 볼까? 검지로 하
나씩 책머리를 기울여 본다.

그중 한쪽 구석에 돌 하나가 덩그러니 그려진 표지,

시집을 펼쳐 본다.

돌빛

생각에 잠겨 나는 땅을 보며 걷고 있었습니다. 그러다 발 앞에 아무렇게나 놓인 돌 하나가 보였고 나는 그것을 살짝씩 계속 차 보았습니다. 왜 뜻대로 되지 않은 일이 이렇게 많을 까 내 마음이 원하는 것이 정말 무엇일까 푸념하면서, 돌은 이 길에서 저 길의 시작에 이르기까지 내 발길에 치여 갔습니 다. 그리고 나는 문득 걸음을 멈춰 그 돌 하나를 주워 보았습 니다. 그 돌은 제멋대로인 색을 띠고 있었고 제멋대로인 모 양을 하고 있었습니다. 우연히 내 발길에 치인 돌. 나에 의해 서 저쪽에서 이쪽으로 오게 된 돌. 나는 그 돌이 마음에 들었 고 무슨 이유에서인지 "마음" 하는 소리가 입 밖으로 나왔습 니다. 그리고 잠시 그것이 돌을 부르는 말인지 단순히 내 마 음을 꺼내 보이는 말인지 생각해 보았지만, 뭐 아무래도 좋 을 듯해 돌을 움켜잡으니 손은 돌이 없을 때보다 더 주먹다 운 모양을 하고 있었습니다. 몇 발짝 걸음을 옮겨 나무 사잇 길로 방향을 꺾어 봅니다. 그러자 어디선가 바람이 불어왔고 목덜미로 얼마간 배어 나온 땀을 훔치며 지나갑니다. 그리고 어째서인지 나는 하늘, 하늘이 무척이나 보고 싶어졌고 그대 로 멈춰 고갤 들어 올리자, 저 빛나는 돌…… 저 빛나는 돌 에- 잎사귀가 황금으로 물들여지는 걸 보면서 그만 손이 뜨 거워져 돌을 놓아 버리고 말았습니다.

>

여긴 어디일까? 사람 하나가 겨우 지나갈 수 있는 너비
로 책장이 미로처럼 꼬아져 있다. 계속 길을 따라 들어가 본
다. 책장 속 시집들을 보니 무언가 확실 어린 어조의 제목들
이 쭉 나열되어 있다. 시들은 오히려 갈피를 잡기 힘들 때 살
아 있다는 명확한 느낌을 우리에게 준다는 걸까? '침엽수' '쇄
빙선' '금징'이라는 제목이 적힌 책등 옆에 간단명료하면서도
눈길을 끄는 제목의 시집이 보인다. 그대로 집어 펼쳐 본다.

H처럼

저 뒤틀린 팔뚝 위로 기이하게 뻗어 나오는 손가락들에 풍
성한 타원형 잎이 달리기까지
　　자아 A는 즐거웠다.
　　자아 B는 외로웠다.
　　자아 C는 불안했다.
　　자아 D는 괴로웠다.
　　자아 E는 독해졌다.
　　자아 F는 단념했다.
　　자아 G는 눈물을 흘린다.

　　자아 H는 생동이 넘쳤다. 언뜻
abcdefg가 모두 들어 있는 듯했다.

h는 손끝에 달렸고
살랑거리는 그림자를 드리우며
부드럽고 음산한 흙을 간지럽히고 있다.
흔들리는 잎사귀 사이로 물까치 무리가 날아간다.
성층권에 떠다니는 새털구름

넌 누구니?

\>

밝음 속에서 어둠의 뼈가 고무락거린다.

미로에서 빠져나오자 시집을 읽고 있는
사람들의 눈빛에서 어떤 크고 작은 심상이
잠깐 날갯짓하며 내게로 닿아 오는 듯하다.

정말 느끼는 게 없다면 우리 이렇게 있을 수 있을까?

제각각의 공간에서 오는 냄새와 소리 그리고 촉감이
오직 글자라는 매개를 통해 인지되고 있다.

어떤 무감각한 것도 현실성을 띠게 하는 마법,
언어가 주는 감각이 없었다면 이 서점도 있을 수 없겠지.

바로 앞 진열대에서 '니은과 이응의 조각' '부서진 발자국'
'물빛 내음' 등 감각을 자극하는 여러 제목이 보인다.

그 한가운데 언덕 위에서 별을 쳐다보고 있는 이의 뒷모습,
책을 집어 해당하는 시를 찾아본다.

관다발 보수 작업

　아포로 크레이토스, 오늘도 종일 터진 배수관을 교체하며
하루를 보냈지

　밤, 산꼭대기 위에 서자 온갖 돌들이 찡그린 표정을 풀며
　밀도 있는 빛 알로 뿌연 입자선을 내뿜고 하늘에선
　별빛이 뭉툭한 뾰족함으로 수북이 쌓인 공기를 스핀으로
파고들어 갔지

　다양한 기울기의 투명한 배관에 관통당한 채
　아포로 크레이토스, 별과 바위의 오밀조밀한 대화를 엿듣
고 있다네

　합장한 손에서 갈라진 손금의 차이, 그럼에도
　그 끝에서 같은 운명으로 만나게 되는 사실 하나로

　아포로 크레이토스, 사선으로 관통하는 소리에 두 손으로
가슴과 아래 허리를 꾹 막아 버렸지

　바탕 이전 미자微子의 확대경적 커짐
　기체, 따뜻한 액에 젖어 / 액체, 시원한 기의 침투에
　은 나무 가지가지에 새로 돋아나는 가지가지의 부챗살

>

방사상의 무수한 손가락으로 연주되는 깍지 낀 대화, 진중한 혼잣말
　—끝나지 않는 업을 위해 직을 오랫동안 숙련했었지

아포로 크레이토스, 충복으로 발생하는 움을 기다리기로 한다
　꼬마들이 손금을 복사하던 방법으로 약속의 마개 두 쪽 꾹 누르고선

어느 순간 관다발에서 콸콸 쏟아져 나오는 말의 과즙, 그 무중력의 달콤한 휘날림 때문에
　세기와 온도를 마음대로 조절하는 꼭지로 완성되는

창밖 버드나무에서 씨앗이 하얀 솜털에 감싸여
여기저기 날리고 있는 모습이 보인다.

창을 통해 들어오는 햇살이 어깨 위로 두툼히 지나가
목을 나른하게 받쳐 주는 듯하다. 이제 어디로 가야 할까,
풀밭에 누워 한숨 자고 싶은 기분

>
오른쪽 벽면을 따라 걷다가
작은 정원으로 이어진 쪽문 하나가 보인다.

덩굴로 장식된 입구,
한번 들어가 보자.

널따란 차양과 그 가운데 돔형 구멍 안으로
하늘빛이 쏟아져 작은 연못을 이루고 있었다.

곳곳에 놓인 벤치 옆에는
이끼로 뒤덮인 작은 돌 책장이 보인다.

'조가비 속의 단잠' '로브노르호湖와 함께 방랑을' '씨앗 저
금통' 어떤 걸 집어 볼까

맨 마지막에 있는 책을 꺼내 본다. 새 한 마리가 깃을 치
는 표지,
책을 펼쳐 해당하는 시를 찾아본다.

깃털 손질법

넓은 소매 휘날리며
오늘도 어딜 그리 다녀오셨나요?

땟국은커녕 가장 안쪽의 대기를 자락마다 소담하게 두르고선
이파리 사이로 두 눈만 반짝 빛내고 있는 당신,

얼마 전 당신에 관한 책을 읽었어요

연기를 쐬거나 멱을 감거나
개미를 불러 모아 몸을 깨끗이 한다는*
당신의 목욕법에 관한 소중한 지식을—

멀뚱멀뚱 머리를 삐거덕거리는 모습, 그동안 한 번도 들어
보지 못한
당신이 낮게 속삭이는 음성을 듣고 싶어요

새를 만져 본 사람은
이 새가 얼마만큼의 두려움에 떨고
얼마만큼의 용기를 지니고 하루를 살아가는지 안다.
라는 구절을 마음속 깊이 간직하고 나서부터

유심히 당신을 쳐다보기만 했는데……

죽은 숨만 내쉬고 돌아온 수많은 나날
적어도 이제 낯설지는 않을 거라고, 멋대로 확신하며
잠시 그대가 매달린 가지 위로 올라가 볼 거예요

나무껍질 밟히는 소리
벌써 당신은 몇 번이고 날아가 버렸지만

여기는 속이 뒤집어진 공간
당신 옆에 나란히 앉아 떨리는 손을 올려 보고 있어요

포박하는 옆 눈에 더 이상 움직일 수 없어도
당신의 머리 바로 위에 드리운 이파리를 쓰다듬어 보는 걸로

하늘을 향해 소릴 지르지 않을 거면
아예 침묵을 지켰던 당신의 깃에
말간 기름이 돋았던 이유가 거기에 있었군요

* 금성출판사 편집국 구성·글, 윤무부 감수, 『조류의 생활』, 금성출판사 1990, 61p.

>

정원을 나오려다 지하로 가는 계단이 하나 보인다. 그대로 내려가자 동굴처럼 캄캄한 공간이 나왔다. 그리고 그 끝에 이르자 어떤 우주적인 광경이 벽면을 비추고 있었고, 여릿하게 켜진 스탠드 빛이 소파와 테이블 그리고 그 위에 놓인 시집을 잔잔히 드리우고 있다. 무언가 신비로운 기분이 든다. 우리의 경험과 우리의 경험 너머 그리고 우리의 경험 이전이 뒤섞여 새로운 장소가 만들어지는 곳, 우리가 환상을 상상하고 느낄 수 있다는 건 어쩌면 그러한 것이 또 하나의 현실로서 고스란히 우리 안에 있다는 것이 아닐까? '설탕이 녹아드는 동안' '꽃대 위의 시간' '영화가 만든 영화' 등 시집을 그저 계속 바라보는 것만으로도 제목이 표지에서 배어 나와 공간을 감싸 주는 듯하다.

그중 남빛 하늘을 배경으로 지도 하나가 반투명하게 드러나 있는 표지,
그대로 집어 펼쳐 본다.

미슈파니 씨의 지도

닿을 수 없지만 최대한 가깝게 끌어올 수 있어요
만져지지 않지만 그 속에 잠겨 볼 수 있어요
　　　　　—『천성견문록千星見聞錄』 서문 중에서

지상의 하늘은 저 먼 우주의 누군가에겐 빼곡하게 줄 쳐진
격자의 한 부분일 거예요

전쟁은 대개 가까운 나라 사이에서 일어나는 법 먼 나라
는 관망하거나 이익에 부합하는 쪽을 지원해 주겠죠 그렇지
만 여기

아주 먼 나라가 있어요 어렴풋한 배경으로 속을 메스껍게
하는 신호 자꾸 깜박이고 있는

결코 잡아 볼 수 없는 무관한 것이겠지만 우리, 아이가 동
화를 믿는 딱 두 배 만큼만 시선의 밀도를 유지해 보기로

너울대는 하늘에서 별무늬 울렁울렁한 잠수함 하나 내려
와 뚜껑 열리는 경쾌한 몸짓 보이시나요?

입구에 달린 풍경風磬 소리 느릿하게 퍼져 갑니다 쏟아지

는 둥글둥글한 빛깔들 이 속에 잠겨 봐도 괜찮을 것 같군요

   양옆으로 떨 줄밖에 몰라 움츠러들곤 했던 우리, 흐물흐물
한 어둠의 곡선 따라 앞뒤로 떨며 나아가기로

   반대편을 바라봅니다 방충망 무늬 한 부분에 자리 잡은 별
가물거리며 커져 오고
   우리 곧, 양쪽으로 포개어질 수 있을 것입니다

   거의 만져지는 느낌으로

   서점 본관에 다시 들어서자 문득 잊고 있던 관념이 하나
씩 떠오른다. 죄어짐에서 오는 걱정과 불안, 이러한 부정의
미생물을 시도 때도 없이 증식하게 하는 경험의 찌꺼기를 모
두 치워 버리고 새로 시작할 순 없는 걸까? 그러나 아직 여
긴 나만의 시간과 상상이 하나의 현실을 이루는 공간, 선입
견으로 때 묻은 언어를 모두 씻겨 내고선 세상과의 직접적인
만남을 통해 새로운 의미 창출 그 바로 직전의 시들이 있다.

진열대 위로 '암전 속 폭설' '뛰면서' '눈으로 사과를 베어 물 때' 등이 보인다.

그리고 그 한쪽 구석에 바다가 보이는 창 앞에
화분 하나가 있는 표지,

시집을 펼쳐 본다.

맥을 따라 열리는

창턱에 놓인 화분의
토마토 잎사귀가
바닷바람에 흔들린다

(놓인) 화분은 내가 놓은 것,
또는 내가 놓은 것

잎사귀가 떠는 것처럼 보인다
잎사귀가 떨고 있다
또는 잎사귀가 떨고 있다

그리고,

분명한 시도들이
일어나고 있다.

마지막 코너에 들어서자 어른들이 입가에 미소를 머금고
시집을 읽어 나가고 있다. 단순성에서 오는 시성을 찾는 다

자란 아이들, 그 마음을 지닌 채 진지할 수 있었다면 삶의 부
작용이 이리 심하지 않았을 텐데

'오카리나를 먹은 하마' '매머드 키우기' '재희 콧구멍 오리
기' 등 재밌는 제목이 여럿 보인다. 그중 푸름을 배경으로 우
측 상단에 무지개가 그려진 표지, 책을 펼치자 모든 시의 제목
이 상상으로 돼 있다. 표제 그림에 해당하는 시를 찾아본다.

상상

욕심 많은
구름 아저씨가 깜박 잠이 들어
해를 놓친다면

해는
하늘과 땅에
무지갯빛을 뿌려 대겠지

그러면
항상 그러했듯이
모두 모두
부지런히 무지갯빛 따라
기고 걷고 뛰고 날아갈 거야

숲에 묻힌 어린나무도
어느 창가 화분의 새싹도
그 빛에 닿고 싶어
연신 바람을 불려서 흔들거리며
제 몸을 늘려 가고

\>
그 바람에
구름 아저씨 잠에서 깨어
주변을 돌아보면
하얗게 변한 제 모습에
깜짝 놀라고 말 거야

히히, 하나 더 읽어 볼까?
페이지를 한 장 더 넘겨 본다.

상상

눈이 내려요
오로지 그 자신만을 바라보게 하는 눈이
송이송이 내려요

보일 듯 말 듯
나무들의 빈 가지 위로
엷게 쌓인 하얀 눈 더미들이
나무의 미세한 떨림에 조금씩 흩뿌려지는 것도

가로등의 환한 빛에
아주 잠시 하양을 벗어 버리는
투명한 눈의 결정도 보일 듯 말 듯
보일 듯 말 듯해요

소리가 나요
아직 아무도 밟지 않은 하얀 눈 바닥을 밟으면
포득포득한 소리가 나요

가만히 멈춘 대기 속에서 오직 나와 눈만이
사뿐하게 내려앉으며 또다시
내려앉으며 그렇게 움직이고 있어요

>

  좀 더 안쪽으로 들어가자 중앙 기둥의 둘레로 네모나게 자리 잡은 커다란 테이블이 보인다. 그 위에 두툼히 쌓인 색색의 깨끗한 표지의 책들, 사람들이 줄줄이 앉아 뭔가를 열심히 쓰고 있다. '대체 여태껏 보아 왔던 분류들이 무슨 의미가 있지? 우리에게 우리 나름의 삶을 꾸려 나갈 실질적인 힘을 주는 것. 그것이 시의 목적일 텐데' 넘실거리는 고뇌와 환희의 뒤섞임 속, 읽는 것만으로는 이제 도저히 자신을 채울 수 없어 써야만 하는 영혼들의 달가운 숨결이 느껴진다. 그 묘한 기운들의 안내를 받으며 빈자리에 앉아 본다.

  아직 제목이 없는 시집, 엄지로 투르르 책배를 훑어 본다. 여릿한 바람이 앞머리를 건든다. 그대로 시집을 펼쳐 본다. 연달아 나오는 서로 다른 필체의 시들, 중간쯤 넘기자 아무런 글자가 없는 순백의 페이지가 보인다.

  한번⋯⋯

  적어 볼까?

'서점이 모두 공기 속으로 스며든다. 내가 일어나자 바람
이 따라 일어난다. 밖으로 나간다. 내가 모르는 공기가 날 휘
감아 돈다. 무수한 속닥거림. 날 따라온다.'

제3부 바람의 끝점에서

계절은 여름. 시간은 저녁,
시원한 바람을 맞으며 열어 보고자 했던 문을
오늘은 정말 한번 열어 보는 거예요

손에 볼펜 하나를 들고
밖으로 나왔어요 바람이 불었고
바람에 문을 달아 주어야겠다
라는 문장이 머릿속에서 떠올랐어요

달아요 문을,
바람의 머리에 살짝
손을 얹고 천천히
바람의 눈꺼풀을 지나
바람의 볼살을 타고
촉촉함이 느껴지는
적당한 위치에

그려요 문을,
동그랗게 그리고
도톰하게 곧 살짝 벌어진
틈으로부터 불어와
손가락 사이에서
손목으로 제 투명한 몸을 휘감는

움직임의 결들

그 한없는 끌림을 따라
한없이 걷다 보면

어느새 도착한
풀잎과 꽃들의 언덕,

그 위로 한 사람을 위해
고스란히 마련된 벤치에 앉아
한번 봐 보는 거예요 보고자 했지만
보지 못했던 것을 보진 못했지만
보고 있었던 것을

보기 위해

달아요 문을,
열어 보고자 했지만
열어 보지 못했던 그렇게
서성거리기만 하다가

그만 까맣게 잊고 있었던

문을, 그려요
각자의 이상에 맞게
모두의 꿈으로
안쪽 깊숙이 채워 보고선

눈을 한번 깜박여 보고
혀로 오므린 입술을 쓸어 보면서

그동안 내가 되진 못했지만
때때로 되기도 했었던 그런 모습이 되어
내가 넘어가 보고자 했던 문을
그대로, 넘어가 보는 거예요

변한 건 없지만 뭐 어때요?
내 손엔 아직 볼펜이 감싸져 있고
여름은 한껏 그 테두리 안에서 터질 듯
정말 터질 듯 부풀기만 할 텐데

>
계절은 여름. 시간은 저녁,
시원한 바람을 맞으며 열어 보고자 했던 문을
오늘은 정말 한번 열어 보는 거예요

오늘은 바람바람
바람보다는 구름구름
구름을

발음해 보는 거예요

순간 시원한 감촉을 남기고
바람은 사그라들겠지만, 우리의 구름은
우리의 눈앞에 하얗게 정말 하얗게
한없이 부풀어 오를 테니까요

우리 피부의 살짝 트인 땀구멍마다
자신의 무늬를 남기고 사라지는 바람
그건 옛사람들의 잘 헹궈진 숨결의 모양일 테고

이제, 입 밖으로 한 줌씩
삐져나오는 구름을 잡고
그 위에 파종을 하듯 우리의 구름을
심어 보는 거예요

사람들의 얼굴에
나뭇잎의 손 갈퀴에
물고기의 둥근 입술에

\>
뙤약볕 아래서 사람들,
모두 분주히 걸어 다니고

그때마다 우리의 눈가엔
구름의 즙이 배어 나와 꽃망울을 위한 자리를
우리의 동공에 마련하고 있는데

그래요, 오늘은 여태껏
내가 알지 못했던 세상의 손길 하나가
내 심장을 주물러 줬듯이
그것으로 내가 지금 숨 쉬고 있듯이
우리의 구름을 주물러 보는 거예요

세상이 우리의 시선에 맞게 맥을 뛰며
부드럽게 움직이는 오늘,

오늘은 바람바람
바람보다는 구름구름
구름을,

\>

혈액 속에 솜사탕처럼 녹아드는

구름이 느껴지시나요?

달빛에는 눈빛이 필요하고 눈빛에는 달빛이 필요한

밤이었다.

그저 돌덩이일 뿐이었던 우린
서로의 눈꺼풀을 뒤집어 내는 데 성공했고
그로부터 빛과 빛의 드넓은 교선은
서로를 향해 범람하며 뒤섞여 갔다.

각기 다른 온도 속에서
모여드는 별빛들, 자세히 보면 그건
지느러미 결을 그리고 있다.

남빛의 색감이 진하게 우러났다.

새벽의 끝자락에도 식지 않는
여름의 열기를 눈(雪)처럼 거머쥐며 우린,

지평의 속눈썹을 달고
각자의 집으로 향했다.

누가 나를 알까?

\>

바람이 불었고
답해 주는 이가 많았다.

일과를 마친 비 내리는 저녁엔 어떤 음악을 들어도 듣기 좋군요

느릿하게 진행되는
비 내리는 저녁의 도로에서는
라디오에서 흘러나오는 음악 소리를 들으며
사람들이 무언가 감정 어린 묘한 시선으로
창밖을 바라보고 있군요 각각의 차량의 와이퍼가
앞 유리의 가물거리는 시야를 일정한 간격으로
새롭게 닦아 내며 함초롬 함초롬 안녕, 인사를 건네며
모두 집으로 향해 가고 있군요 발끝이 조금 젖은 양말을
아무렇게나 벗어던지고 창틀에 턱을 괴고 바라보는
저녁 풍경엔 온갖 버무려진 빗방울이 우산에 깨져
작게 작게 자신의 홀가분한 비명을 들려주고 있는데

어머, 우리의 귀에도 와이퍼가 있나 봐
빗소리가 들릴 때마다 쓱쓱 지워지는
엄마 잔소리 친구 군소리 내 한숨 소리

빗물은 중구난방으로 퍼져 가는 음악을
눈 위에 띄우고 강물처럼 흘러가게 하는군요

강물처럼 흘러간 음악을 또다시 하늘 위로 띄우고

거리마다 제각기 동동 움직이는 알록달록한 심벌즈에
또다시 경쾌히 떨어지고 있군요

걸어가는 발자국마다
풀잎의 맥을 타고 흐르는 심박 소리
머리 가득 줄줄이 물길 가닿는 소리
그렇게 얼굴 그득히 표정 풀리는 소리

이런 상상의 발길이
속눈썹 하나하나를 건반처럼 누르며
창밖을 바라보는 비 내리는 저녁엔
마냥 그리워하는 것도 마냥 신나하는 것도
마냥 울거나 울지 않는 것도 모두 허용되는군요

뭐든 잠겨 있다가
떠오르고 떠올랐다가
잠겨 가는 기분이군요

어떤 음악을 들어도 듣기 좋군요
참, 온갖 바람이 얼굴을 덮어 오는군요

비 갠 여름 저녁, 대체 이 바람을 어떻게 설명해야 좋을까?

어떻게 설명해야 좋을까?

모든 것이 끝나고
모든 것이 다시 아무렇지 않게 시작하는
이 비 갠 후의 저녁의 온도를

그득한 공기가 시야를 감싸고
그중 일부의 바람이 내 끝 손마디를
작게 작게 틔워 주고 있는데

"따뜻해" 손가락 끝에서 열리는 바람 소리
바람을 실뿌리처럼 빨아들이는 손끝 소리

이제 한껏 자라나는 일만 남았어

나무는 나무를 낳고
사람은 사람을 낳는
그런 여름의 일만이

비 갠 후의 구름은 아직 하늘을 도톰하게

그러나 개운한 모습으로 덮어 오고 있는데

집으로 돌아오는 아이의 맑게 식은 땀방울처럼
나뭇잎에서 아름아름 떨어지는 광경
—그건 꿈속 조명에 비친 무수한 행성의 모양을 닮았고

숲을 바라보는 시야 안에는 사슴을
사슴 안에는 왕국을 넣어 두어야지

따뜻하다. 바람. 바람. 따뜻하다.
대체 이 바람을 어떻게 설명해야 좋을까?

모르는 사이에 눈가의 틈으로 들어가
휘휘 부풀어 버리는 너는

사슴들의 입김이니? 아니면 사슴 나라에서 열린
평화 회의에 참석한 왕들의 전언(傳言)이니?

바람 속에서 태어나는 많은 것
태어나는 많은 것 속의 바람

\>

촘촘한 뿌리에서 입 안 가득 올라와
굵직하게 뻗어 나가는 숨결의 나무들

대체 이 바람을 어떻게 설명해야 좋을까?

바람 말고는 누구도 손댈 수 없게
잔잔히 지펴져 가는 이 기분을

바람의 끝점에서

하늘이 태양이 남긴 찌꺼기를 수거하며 천천히 돌아가고 있을 때

그것이 내겐 아직 먼 훗날의 일이라 느껴졌을 때

담배 피우고 싶다 입조차 대어 본 적 없는 것이지만

안쪽 입술로 공기의 말단을 물고 비비고만 싶어

빛은 가고 불만 남은 통째의 공간 이 속에 푹 이 궐련을 찔러 넣고

뜨겁게 말려들어 오는 연길 들이켜고 싶다 흠뻑 빨아들이고 싶다

피로로 찌든 말단의 가지들 모두 부러지고 다시 길게 자라나고

새 가지의 말단에서 포도송이처럼 마냥 새롭게 부풀어 가는 공기주머니

>

어둠은 아주 잘 농축되고 아주 잘 팽창하고 주머니를 감싸
는 혈관들 그 안 줄기차게 공급되는 꿀벌들

말단에서 말단으로 이어지고 담배 피우고 싶다 중독되고
싶다

니코틴 살충되고 포도당 확충되는 맛으로 볼이 오목하게
들어갈 때까지

하늘 뿌리에서 퍼 올린 저 연기, 구름, 성운 얇은 공기에
말려 있고

희미한 멘톨 냄새 풍기는 그 말단을 집는다.

빛이 재활용되고 있다

바람 신화 1

바람을 닦는 이가 있다
바람에서 윤이 날 때까지
그것이 자신의 바람을
품고 있기라도 하는 양
부드럽게 자신의 손에
꿀이 뚝뚝 떨어지는 시선을
묻혀 가며 애지중지 닦는 이가 있다
바람을 닦으며 바람 속에 깃든
숨결의 빛을 끄집어내면서
그것이 제 그리운 얼굴이라도 되는 양
아련한 미소를 빚어내면서
연한 노란색에서 짙은 남빛으로
일련의 조도가 차례차례
온전히 스며들 때까지
바람을 닦는 이가 있다

금방이라도
무너질 듯한 눈빛으로
무너질 듯한 숨결로
무너질 듯한 표정으로

그러나 꼭 무너뜨리고
말겠다는 손길로
바람을 닦는 이가 있다

그리고
모든 바람이 멈춘 시각

그 둥근 윤곽 안에서
금방이라도 뛰쳐나올 듯
계속해서 휘돌고 있는 어떤
한 지점에서 빨아들일 듯한
구멍이 생겼고 그가 그 바람의 빈
안구의 자리로 들어가 그대로
무너진다

바람이 불었고
그는 보이지 않았다

바람 신화 2

뿌옇다 그는 지금
내 시야에서 뿌예지고 있다
그러나 그의 시야에서는
나는 선명해지는 것일 수도 있다

그러나 나는 한편으론 내가
뿌예지고 있다 느끼고 있다
때문에 그는 선명해지는 것일 수도 있다

누가 배경이 되어 가고 있는지……

우린 그저 몰입하거나
놓아 버리거나 아무래도 좋을
하나로

입술을 더듬거리며
코를 덧붙이고 있었다

바람 신화 3

다들……

알고 있을 거야……

그래, 그게 바로 나야……

덜 형성된 것 같아서,

창의적으로 살아가는……

제4부 오르와

흐름은 자유롭다.
그것이 하강하는 순간까지도,

내 주위의 거부와 포용의
확신 찬 분위기의 힘으로
화농 부위를 바삭하게 말려
부숴 버릴 수 있는

그 끝없이 이어지는 주기의 곡선에
무명의 바람을 초대한다.

* אור(오르): 히브리어로 빛을 뜻함.

오르와

1. ↗

길을 가다 한 여인의 살짝 벌어진 외투 속에서 고갤 내민 공기의 얼굴을 보았다

그것이 순간적으로 내 안의 공기를 밖으로 뛰쳐나오게 한다

시선을 노니는 공기의 움직임들, 쭉 뻗은 손가락의 지문이 정신을 아롱거리게 한다

살갗에 마찰력이 붙는다 우리는 돌아갈 수 없는 흐름 위에서 사물들이 타닥타닥 리듬에 맞게 움직이는 것을 듣는다

'드디어 순간이 왔어, 우리들이 잡고 열어야 할 순간이'

내가 들어갈 수 있는 문이 여러 개다

나는 가장 크고 위대한 사람들이 있는 곳, 위쪽의 공기에 손을 집어넣는다

죽은 노인의 피부가 손 안에서 바스락거린다

>

2. →

내 앞에 드리워진 하얀 구름의 망막들

나는 찾고 있다 내 상태에 걸맞은 영상을

꽃망울의 안쪽에서 마침내 일어나는 일을

부유하는 물방울의 얼굴에서 내 얼굴이 엿보인다

무해함. 중심으로의 항해, 땅의 방향으로 아주 자연스럽
게 물방울들이 부딪친다

그중 몇 개는 입 속으로 들어와 내 혈액을 맑게 틔운다

마른 가지의 끝마다 초록의 막이 보글거린다

존재의 머뭇거림이 남몰래 발밑의 관계망을 배설해나가
고 있다

곧 그들의 망막에서 그들의 상태에 걸맞은 새로운 형상이

나타나리라

3. ↘
구름은 어느새 성큼성큼 달려와 암청색 풀빛으로 우리의 발
을 묻어 두려 하고 있었다

갑자기 꺼진 구멍 위에서 깜짝 놀란 이의 표정은 그 자리에
부동으로 멈춰 있고

우리는 완전히 부닥쳐 조각난 연후에야 우울의 정체성에 대
해 생각할 수 있었다

공원 벤치엔 부서진 나뭇잎들, 그 분진들에서부터 우리의
관계 밑으로 계속해서 점착하며 뒤섞여지는 것들까지

휘둥그러진 눈이 차차 그윽하게 풀려 가는 것처럼

우리는 싫은 것으로부터 붙잡혀 있어도 자유로울 수 있었다

>

고민되는 순간들, 그들이 자신을 튀기며 다가오고 있다 노릇하게 옷을 입은 표정으로

내 속에서 벗겨진 네 감정의 맛은 두툼한 햇살 맛

우리는 벤치에 등을 기대고 서로의 가까이에서 눈꺼풀을 닫고 눈을 뻗는다

4. ↘

우리는 꿈꾸고 있었다 원래부터 그러했던 것을 원래부터 그러했던 대로 두는 꿈을

한없이 쌓인 책의 높이를 측정하고 있는 꿈을 일 층부터 다시금 시작하는 나날의 정신을

헤아리고 있었다 칫솔모 하나하나에 끼어 있는 죽은 기억의 찌꺼기들

검게 남아 있는 기억의 얼룩까지 맑은 침방울로 쓱쓱 제

거하고선

　우린 우리의 눈앞을 가득하게 채우던 꽃다발을 서서히 내려놓고 있었다

　풍경의 아득함에 살짝 넋이 나간 채 다시

　바라보고 있었다 번져 가는 얼굴들……

　우리의 유망함이 우리의 눈앞에 펼쳐지고 있는데……

　좀 더 멀리서 얼굴을 보면 존재는 붙박여 빛을 자아올릴 수 있다

　5. ↗
　하늘의 방향으로 듬성듬성 일렁이고 있는 푸름에 뒤덮인 알전구들

　우리 사이로 아득하게 비어 있는 이 거릴 어떻게 건너갈

수 있을까

　　그러나 우리가 드리워 놓은 그림자의 발밑에는 지구가 박혀 있다

　　이 기나긴 작업이 한순간에 성공할 수만 있다면

　　우리 이후의 나날들이 네게로 쉽게 갈 수 있을 텐데

　　하나씩 나는 너에게로 가는 반석磐石을 놓아 보기로 한다

　　하나, 여백을 드러내는 긁적거림

　　둘, 여백을 뒤흔드는 종소리

　　셋, 여백을 반듯이 접어 봉투에 넣는 손짓을

　　넷, 여백을 사랑하는 너의 시선을

　　……

>

점점

발이 가까워지고

눈이 멀어지는데

6. ↗

내 안의 시선이 나를 감독한다

언제나 그들은 그들을 초월해서
살아가고 있는 나라

하나의 강력한 결심을 불러일으키는
멋지게 죽고 싶은 욕구가
심장을 휘감아 쥐고선
직접 펌프질을 시작한다

우리들의 가치가 흘러가는 궤적이 아름답게 바뀐다

>
꽁꽁 언 손끝이 자신을 주먹에 파묻었을 때
우리는 손바닥의 열기를 더욱 잘 느낄 수 있다

7. ↗
어느새 산 위로 해는 높게 떠 있다

나는 햇빛을 쪼개 그 씨앗을 먹을 수 있을 것만 같다

저 햇살 꽂힌 수면에 그대로 손을 집어넣고선 빼내고 싶은,

내가 눈치챌 수 없는 눈금으로 모두 다 새어 나갈 테지만

햇빛은 또 그만큼의 세세한 금을 드리우며

기다란 터널을 두르고 내가 완전히 분화할 수 있는 공간을
마련해 놓고 있다

배경의 한 부분에 실금을 긋고 그 위의 눈꺼풀을 쓸어 본다

>

날아가는 참새를 누르면 음표가 튀어나올 것 같은 아침

곧장 돌아가, 햇살 젖은 빵과 우유를 먹어야겠다

8. ↗

출렁이는 빵과 우유의 시간 속에서

작게 움트는 소리들, 점차 우글거리며 몰려들더니

기나긴 숫자를 거꾸로 세며 모두

내 내밀한 머리 구석진 방으로까지 들어가

숨죽이고 있었다 그리하여 틈 없이 차올라 꾀꼬리 소리를 내보이기를

'비벼 볼 수만 있다면 그리하여 없던 널 생각할 수만 있다면'

우리의 관절이 그 구동 범위를 위로 넓게 뻗는다

>

우리가 달아 놓은 눈꺼풀 속에서 차차 형성되어 가는 지구의 의인擬人들

점차 눈을 뜨며 자신을 부풀리더니 우리들마저 그 안으로 일부 포함시킨다

그렇게 우리와 그들은 서로의 교합에서 같은 방향을 바라보며

각각의 시선이 거의 소실되어 가는 위치에서 하나의 세포를 착상시킨다

한동안 끝없이 기대를 품을 수 있다는 확고부동한 느낌으로

공기가 달갑게 목으로 넘어온다

9. ↘
우리는 신비에 도취되고 있었다 눈 막 안팎에 드리워진 두

번째 눈꺼풀의 밝은 끈적임을 느끼며

신비가 어떻게 자신을 형성해 나가는지에 대해 그저 대기가 자아낸 양수에 감싸여 포근함을 베개 삼아 형성으로의 꿈을 꾸는 데 전념하였다

우리의 세상이 안쪽으로 자꾸만 미끄러져 들어간다 우리가 주고받는 말 빛 속에서 서로 다른 색의 과육이 각각의 몸속으로 섞여 들어간다

풀빛 안개 속에서 서서히 형성돼 가는 그의 얼굴 그의 팔과 다리 그의 심장과 내장 그리고 뇌가

우리의 신비가 우리의 눈을 툭툭 차 내며 우리의 막에 지난한 시절 얻었던 흉터의 즙을 짜내고 있었다

10. ＼
그들이 그어 놓은 우리의 금에서는 조금씩,
조금씩 탄성이 새어 나오려 하고 있는데……

계속해서 새어 나오고 있는데……
우린 그걸 어떻게 할 수가 없어
나 혼자 대상도 없이 키운 이 우울의 범람을
누가 막아 줄 수 있을까?

우리가 임의로 설정한 목표를 통해
인간적으로 완전히 드러나는 우리의 물든 시선들

'나' 외에는 상관없다는 확고부동한 눈빛으로
우리는 일을 마친 뒤 우리가 뚫은 사건에서
낭자하게 흐르는 투명함을 본다

다 헐 뜯어진 입술 안쪽으로,
햇빛 머금은 푸름이 줄줄이 통과하고 있었다

11. ↗
　우리의 결과에 대한 환호가 그의 입부터 꼬리까지 형성된
통로를 천공해 나갈 때

>

　그의 포개진 몸에선 하나하나의 감정이 뒤집어져 펼쳐질 수 있었다

　이윽고 친화적인 움직임으로 그의 형체가 풍경 속에서 걸어 들어왔다

　소리가 직접적으로 닿아 왔다 그는 존재감만으로도 부동의 것들을 누그러뜨리며

　그 안으로부터 같은 것들을 울리고 있었다

　뼈까지 스며드는 서러운 소리, 나는 어찌할지 몰라 그의 품을 내 피부에 밀착해 꽉 껴안아 보았다

　또다시 단 하나의 결론이 여러 갈래로 나누어지기까지

　우리는 우리가 되돌아갈 수 있는 이전을 위한 공간을 잘라 내기로 했다

　그리고 이 아이의 이름을 '오르'라고 부르기로 했다

>

12. →

오르, 너와 함께라면 모든 일이 엊그제 일 같다 엊그제 내가 태어나고 엊그제 학교에 입학하고 엊그제 너와 함께 졸업해 세상 밖으로 막 첫발을 내디뎠던 것 같다

크고 작은 거짓말이 우리의 팔과 옆구리 사이와 손발톱의 틈까지 채워 오는데 오르, 난 네 옆에서 잠잠히 생각하고 있어 우리의 허함이 나타내는 진실을

코드 깊숙이 전기가 흘러나와 사물을 움직이게 하는 일들처럼 너의 존재 앞에서 우리의 이야기는 모두 무사히 끝마쳐지겠지

그러나 여전히 널 놓지 못할 것 같은 기분으로 오르, 난 너에 관해서 이야기하고 있어 네 옆에서 나아갔어야만 했던 우리의 방향에 대해서

물은 그저 그대로의 물로 계속 존재해 왔던 것처럼, 너는 여전히 내게 달라붙어 내일의 일들까지 생생하게 느끼게 해주고 있는데……

>

13. →

내가 어찌하지 못하는 힘이 우리의 어찌하지 못하는 힘을 끄집어낼 때까지

오르, 우린 함께 걸어가고 있어 온갖 불안에 대해 생각하면서

그 모든 불안이 어떻게 우리의 혼란을 부추기는지 기꺼이 감수하면서

그럴 때마다 서로에게 더 달라붙어야겠다 끊임없이 절감하면서

오르, 네게서 닿아 오는 피부가 차가워 그러나 잠깐만이라도 손 쥐어 보면 온기가 느껴지는데

곧 덜렁덜렁하게 떨어질 것만 같은 움직임으로 네가 나의 그림자가 됐을 때

나는 네게 부드러운 위로를 묻으며

>
좀 더 오랫동안 걸음을 위한 길을 마련할 수 있겠다

14. →
내가 부여한 나의 의식이
다시 나의 빈 곳을 채울 순간을 기다리면서
서로에게 설치한 폭탄의 시한을 세어 가면서
서로의 사연 있는 눈빛을 안타까워하면서
그렇게 황급히 서로를 부둥켜안으면서
완전히 시선으로써 밀착되어 서로에게
사연을 써 나갈 생각을 또다시 하면서

오르, 난 너와 함께 의식의 빈 곳을 찾으며
다음의 한 점에 초점을 맞춰
서로의 숲을 향해 걸어가고 있어

15. →
나무의 밑동이 연속적으로 뽑혀 나올 때 그래서 우리의 숲
에 코트가 생길 때

>

우리가 공을 주고받는 게 우리를 둘러싼 나무 위에서도 잘 보일 때

해는 저 자신의 절정을 향한 경로를 바라보며 망설이고 있어

오르, 우리는 흐릿해지다가 흐릿해지다가 결국 이렇게 환히 사라져 버리고 마는 걸까 우리가 자리한 이 코트 위로 다시 나무는 자라고 마는 걸까

그러나 지금 우리는 우리의 숨결로 인해 아주 없다고는 말할 수 없어서 오늘의 푸름이 구름을 재료 삼아 거미줄을 엮어 내고 있어

내 시선의 꿈들이 모두 붙잡혀 오르의 오르,
네 하루 동안의 양식이 될 거야

16. ↗
서로의 때 묻은 창을 조금씩 닦아 주며 우리가 주고받는 말은
겨울의 불씨가 한순간 되살아나도록 장작의 밑 틈새로만 불

어 들어갔다

　머리 위 온 하늘에 그대의 맑은 피가 타오른다

　이 투명한 피를 마시며 우리는 절망에게서 희망에게로
　전달되는 파동의 소리를 듣는다 우리는 또한 그것을 보고
있기도 했다

　내가 원하는 온도를 가늠하는 냄새의 공기 속에서
　우리의 유능함에 놀라 갑작스럽게 밖으로 뛰쳐나가고 싶
을 때,

　해가 천천히 다시금 엔진의 손잡이를 위로 올려
　자신의 출력을 높이고 있었다

　17. ↑
　해는 절정에 다다르고 있었다
　푸름의 힘줄을 한껏 수축하고 이완하기를 반복하며
　세상의 구동 범위를 한 단계 더 넓히고 있었다

>
오르, 우린 함께 절정을 위한 막을 마련하고선
우리가 흘릴 무수한 땀방울의 개수를 헤아려 보고 있어

점점 건강해지는 느낌으로……
우리의 언저리를 맴돌던 부정이 해맑게 틔워진다

날개를 접고 허공의 금을 향해 파고 들어가는 새의 형상들
우리는 때때로 그러한 움직임을 새보다 더 잘 表現할 수
있었다

우리의 거의 모든 것이 서로를 향해 미끄러져 지나간다
돌아가는 축들의 움직임이 오감 속에서 매끄럽다

어딘가의 과수원에선 어린 과실들이 바람의 땀을 핥아 대
고 있었고,

18. ↘
나는 여러 가지 비교의 줄을 두르고
선택의 기로에 선 적이 있다

>
그러나 우리 모두는
아이의 경계에 머뭇거려 본 적이 있는 사람

오르, 넌 한창 불붙은 놀이처럼
감정의 주기에 안정적으로 탑승하며
우리에게 어떠한 동작을 권하고 있어

더는 가지 못하는 사람들 옆에 계속해서 서성거리면서
오직 한 대상만이 결국 내 곁에 남아 있다 생각하게 하면서

우린 구름을 바라보며
세상의 느릿한 숫자 세기처럼
우리의 나이를 세어 봅니다

하나-빛
둘-물
셋-공기
넷-흙
다섯-식물
여섯-어류

일곱-봄

여덟-여름

아홉-가을

열-겨울

열하나-포유류

열둘-영장류

열셋-불

열넷-유년

열다섯-소년

열여섯-청년

열일곱-노년

열여덟-배경

열아홉-너

스물-나

스물하나-오르

그리하여 오르, 모두가 올바른 방향으로 가고 있다고 생
각하면서

\>

19. ↘

참 쉽게 죽어 가던 역사 속의 사람들처럼
먼지를 쓸면 모두 날아가 버릴 것 같은 느낌에

그럼에도 눈앞의 너는
꾸역꾸역 줄기를 이어 나가고 있고
네게서 연장된 팔은 내 팔과 다름없이 움직이고 있어

점차 확장하며 빠른 속도로 핏줄길 뿜어 대는 맥박으로 오르,
우리가 당장 해야 할 것들이란 다 무엇일까?

수업을 마치는 벨 소리,
그러나 그치지 않는 연필 사각거리는 소리

그것이 모두 다 지워지기 전에
오르, 나는 내 팔에 얼굴을 묻고 언제든 들어갈 수 있는
내 나른함의 장소를 만들어 나가고 있어

창가에 기대 조그마한 낌새 하나에도
만반의 태세로 불어오는 너의 느낌을, 이제야 다시 느껴 보

고 있어

하교 후 TV 앞에 누워 시청하던 만화영화에서
극적으로 불어오던 평화로운 바람과 같이

오르, 너의 성질이 변하고 있어

20. →
그리하여 우리가 심심함의 기반 위에서 휙휙 휘젓는 막
대기와 그대로 휘저어지는 공기와의 마찰의 반복으로 만나
게 된 너와 난

어느 순간에 이르러 자아올려진 '착수'라는 말을 통해 이마
를 밀착한 채 사건을 계속해서 만들어 나가고 있었다

우리의 즉각적인 욕구가 줄어들고 보다 큰 표현의 통로가
생긴다 이를테면 나는 한 점의 사람을 사랑했을 때의 감정을
온 시야의 면적에 그대로 흩뿌릴 수 있었다

>
하늘을 떠다니는 내 실수와 오류의 시들

거의 맹목이 될 뻔한 눈으로 한참을……

아쉬운 건 아쉬운 대로 흐르며 뭉쳐 가고

구름이 우리의 얼굴을 검게 물들이기 전까진 우린 우리의
일을 하며
밝은 씨앗 하나 틔울 수 있는 온기를 모으고 있었다

21. ↗
오르, 네게 단정히 여며져 있던 푸름의 외투가 아슬아슬
해지고 있어

우리들의 인공조명이 태양의 떠오름과는 상관없이 흐린
세상을 비추는 날 세상은 완전히 달라져 있으리

어딘지 전혀 중요하지 않아 보이는 전환적인 장소 위에 서
서 오르, 난 너와 함께 한껏 달라진 기분을 느껴

>

오므린 손에 달콤하게 터지는 공기들 풀어진 한쪽 운동화 끈을 우리의 기분으로 두고만 싶어서 묶을 생각도 하지 못하고 잘도 걸어왔잖아?

닫힌 집의 연기처럼 너무 오랫동안의 주저로움에 땅 아래로 징조의 부정맥이 맴돌며 피어오르는 소리를

연일 규칙적인 강도로 밟아 대면서 바닥을 짓무르게 하면서 그러나 우리를 향한 마음의 내벽을 점점 탄력 넘치게 다지면서

당겨진 시선視線 아래 밝은 티셔츠 같은 것들로 드리워진 그림자의 출렁임을 바라보면서 지금 당장 공간을 접어 그 문을 열고 들어설 수 있을 것 같다 생각하면서

저 푸름의 한쪽 선을 쓸어내리면 너의 적나라함이 드러날 거야

22. ↗
우리는 한순간에 더럽혀질 수 있는 운명을 느낀다

>

오르락내리락하는 우리의 잠깐 사이의 혼돈으로 일어났던 일 때문에

그러나 우리는 그 모든 걸 넘어선 확고히 가물거리는 시선의 아름다움을 알고 있다

핏방울의 절정과 저무는 과정

대상을 발견하자 아기는 뛰어가고 대상을 발견하자……

우린 전보다 완전하게 땅을 디딜 수 있었던 것처럼

해는 금빛으로 된 침방울을 줄줄 흘리고 있었다

그림자가 나보다 먼저 다리를 뻗어 길을 간다

아직 얼 수 없었던 냇물이 모두의 가슴을 관통해 지나간다

보고 빨아들이는 단순한 일이 좋다

>

23. ↘

가라앉고

가라앉아야지

목욕도 하고

음악도 듣고

국에다가 밥도 먹고

과일도 둥글게 깎아 먹고

보다 말았던 책도 읽고

가만히 누워 야광 별을 바라보다

그렇게 스-르륵 눈을 감아야지

>

24. ↓

>
25. ↗

여긴 오직 대기와 나뿐이다

내겐 맺어진 관계란 아직 없다

그저 대기만이 나의 앞에 머물러 있다

시선의 묘지로 가득한 꿈속 장면들,

오랫동안 나의 앞에 머물러 있다

그리고 점차 나의 시선으로 물들어 간다

미생물이 잠에서 깨어난다

그것은 양 떼의 소리를 낸다

뜀박질 속에서 그가 들어온다

나는 나로부터 조사되는 밝음을 느낀다

\>

아침 공기가,

달다.

>
ㅇ.

모두,
바람 속에
있다.

오르에게

또, 아침이 시작되었어
이제, 힘을 좀 빼고 살아가야겠어
들어오지 못했던 보다 많은 것들이
내게로 들어오는 느낌이 좋아

어제는 끝나 가는 이월의 무렵에 맺혀 있는 망울이
참 영롱하다 생각했어 생각만으로도 내 혀 위로
그 엷디엷은 꽃잎이 한 장 두 장 쌓이는 기분이랄까,

직장을 다니게 되면
이 시간이 무척 그리워질 텐데
이렇게 멍하니 시간을 보내도 괜찮은 걸까

좀 더 나는 널 생각하지 않으면서도
널 놓지 않고 살아야겠어

알아, 매번
말뿐이라는 걸

난 또 적당히 만족하며

너를 놓치고 그제야
또 찾는 일을 반복하겠지

그러나

하늘이 크다.
햇빛의 촉감도 생생하고,

제5부 평화平和에게로

지울 수 없는
평화의 박동이

문득,
들려오길 바라며

평화平和에게로

'이 시의 목적은 간단하다. 그저 만족스러울 때까지 평화를 나열하는 것이다.'

1.
집집의 거울마다 지난밤을 막 헹궈 낸
맑고 보얀 얼굴이 비치고, 거리의 건물마다
창에 드리워진 하늘이 하늘보다 선명하다.
하나의 평화로운 공기의 덩어리가
열린 창을 통해 들어왔다가 빠져나가고
들어왔다가 빠져나가고 있다.
거리 곳곳마다 공기를 보강하는 신록들!
햇빛은 드넓게, 드넓게 퍼져 가고 있다.
그것은 하나의 시선. 비춰 주고 있다.
우리의 불안이 잠든 구석진 자리까지,
잠시 기지개를 켜는 불안─
작은 구멍마다 뛰쳐나오는
거의 없는 듯한 투명도를 가진 벌레들,
쭉 몸을 뻗고선 '많이 먹으면 생명이 될 거야─'
보여 주고 있다. 벤치 위 널브러진 장갑 속으로

시선의 근육이 들어가 이완하고 수축한다.
쪼개진 사건의 얼굴들에선 물이 흘러나온다.
모든 이의 상황 너머에서 내리쬐는 평화의 넉넉함
그토록 모두 가슴 저린 일들이었는데!
순진무구한 평화의 얼굴 앞에서
우리를 넘어선 바람이 불어온다! 생생해!
길들이 일어서 자신에게 묻은 발자국을
모두 털어 내고선 납작 엎드린다.
성큼성큼 걷는 걸음마다 저릿저릿함이
잎사귀로까지 전달돼 짜르르 자신을 떨어 댄다.
씽씽, 도로 위를 신명 나게 미끄러지는
각기 다른 사이즈의 타이어들,
우리의 거점까지 우리를 끌고 들어간다.
햇빛이 시선의 낙하산을 타고 수면 위로
착지해 또 한 번 눈을 반짝반짝 틔운다.
다양한 각도에서 엿보이는 평화의 결들이
한동안 마음을 짓누르던 층들의 틈으로 들어가
공기를 부풀려 하늘 위로 자신의 섬을 들어 올리리!

>
2.
평화의 혀는 피를 느끼고 있다.
가르는 시야를 봉합하는 평화의 손짓들

우리의 잠겨 있던 학교가 다시금 솟아오른다.

유리창마다 불가사리가 붙어 떨어지지 않는다.
잠깐 엿보이는 학생들의 얼굴이 아주 잘 닦여 있다.

우리의 굳어진 유산 위에서
기상하는 정신들, 사람들

그들은 모두 어디로 뻗어 가야 할지 모르는
나사 풀린 표지판, 그러나 상관없겠지.
그런 것을 의식하고 자라나는 나무들이란
없을 테니까 그저 맘껏 뻗어 나가는 방향만으로도
자연스러운 모습

머리 위를 덮는 한 지붕 아래로
저쪽에 있어야 할 동물이 여기에 있고

이쪽에 있어야 할 식물이 저기에 있는데,
마주치는 시선의 교점 위에는
전시장이 세워져 있다.

그 속엔 평화가 조각되어 있다.

문을 열어라!
표는 표정을 지어야 한다.

3.
평화의 덩어리 앞에 선
평화의 광경들

이제 막 자라난 연둣빛 잎사귀가
바람의 리듬에 맞춰 흔들거린다.

조금씩 조금씩 하나로 교합되어 가는 평화

나를 거슬러 오르며

우리였었던 인연을 인연이었던
우리를 펼쳐 보인다.

시선이 대기의 옅은 면을 들춰
한껏 숨을 들이켠다.

시도하는 이를 기꺼이 부양하는 공기들
그들은 내가 움직이는 한 끝까지 나를 책임질 것이다.

오랫동안 전해 오던 세포가 꿈꾸던 세상,
드넓게 펼쳐진 시야의 빛을 받으며
시선이 사물의 의식을 흡수하고 있다.

공기를 흙으로 거머쥐며
촘촘해지는 자기 뿌리들

우리 위의 발자국 소리에는
저녁나절 축제의 냄새가 나고,

현실의 반 정도 또는

두 배에 이르는 투명도로
나무가 지나가는 사람을 통과한다.

이곳은, 바람이 불어오는
평화의 나라

하늘을 보면
재채기가 마렵다.

4.
평화가 이마에 손을 짚고
고뇌하는 사람 앞에 서 있다.

서늘한 공기를 내뿜고 있는 평화
사람들의 팔 안쪽으로 파고드는 평화
원목의 중심까지 가닿은 평화

그로부터 또다시
평화의 분위기가 뽑혀 나온다.

>
어느 날 깊은 오후,
책상 위로 가만히 엎드려 있던

그 사람은
문득 느껴지는 평화의 냄새에
그만, 눈물을 흘리고 말 거야

5.
우리의 시선에
알맞게 내리는

비, 평화를 적시는
비, 평화를 평화답게 드러내는
비, 풋사과에 떨어지고
   , 풋사랑에 떨어지는
비, 창을 열면 크게
   , 닫으면 작게

비,

\>
평화는
뿌리의
입에
붙잡혀
자신을
집약하고
집약하는
중인 걸,
입술로
입술을
쓸어 보면
산뜻하게
열려 오는
소리를,
소리를
느낄 수
있는 이라면
들을 수 있다.

>

6.

아이들이 수면에 손바닥을
가져다 놓을 때
만져지고 움직이고 변해 갔던
무한한 인내심을 가졌고
우리들 마음속에 아직 그득히 남아 있는,
우리의 평화는 조금 흥분한 채
둥둥 떠다니고 있다.

탄성을 내지르거나
환하게 웃기도 하면서
우리가 바라보는 달의
굴곡진 면적에 진공으로
여전히 채워지면서

뾰족한 달 무늬에게서
톡 돋아나는 잎눈에게로

우리의 바람 위로
평화는 휘날렸던 적이 있다.

\>

검게 구멍 난 잎사귀 안쪽을 통과하면서
우리가 한 몸을 언제든 마음껏
눕힐 수 있는 자리를 곳곳에 마련하면서
분수 위로 쏘아 올려지면서

개미 더듬이에서
사슴뿔에게로

달빛이 지구 위로 드넓게 드리워져 있다.

집집의 유리를 그대로 투과하며
평화가 아슴푸레하게 닿아 온다.

열린 창 속 이방인의 얼굴을 쳐다보는
또 다른 이방인들, 그 시선에서부터
그림을 그리는 아이의 손에게로
매끄럽게 묻어 나오는

우리의 얼굴을 넘치게 할 만큼
평화는 넉넉히 흐르고 있어

>
7.
오랫동안 빈 소화기관에 가득 찼고
그 자연스러운 흡입력을 따라 흘러 들어오던 모유가 주었던
그 영양분이 빠짐없이 소화되어 가는 아기의 연한 내장 속의

한동안 하늘을 차지했던 구름이
그 만족감에 모두 흩어지고,
이내 내리쬐는 평화의 세밀한 가닥들
빛나는 상점들 진열품들 골동품들

은판을 두른 해로부터
꽃잎의 맥을 따라 퍼져 갔던

그렇게 매일 조금씩 다른 냄새로 다가오고
여러 꽃송이를 거쳐 등나무 아래 자줏빛 꽃들을
마저 훑으며 내게로 불어왔던

살짝 벌어진 우리의 옷깃 속에서 부풀려 가고
가만히 벌어진 손가락에 깍지를 끼고 함께 일어섰던

>
우리의 시야에서 바삭하게 헹궈지고
우리의 축축한 콧방울 속에서 환희를 느끼며
동물들과 함께 뛰어갔던

눈빛마다 둥글게 드러나고
둥글게 굴러가는 그렇게 다시,
깊고 아득한 그림자로 찾아오는

혈압을 재면 그대로
무너질 것만 같은

출렁,
출렁이는

8.
수면을 걷기엔
물은 너무 푹신해 보인다.

그냥…… 지금의 햇빛이 좋아

그래, 퍼져라 잔잔하게
잔잔하지 않게

물빛을 바라보는
응시의 빛 앞에서

그는 뭐든 하지 않아도 좋다고 한다.
드넓고 드넓어져도 괜찮다고 한다.
그러나 그 자신을 넘칠 만큼 채운 이후로는
따갑도록 무언가를 하기를 재촉하고 있다.

저기 저, 지평선을 바라보는
시야의 웅덩이에 잔뜩 고여 있는 그 어떤…

살아 있는 숨결이
우리 속으로 들어온다.

살아 있는 공기다.

>
9.
엷은 소속의 그가
점차 짙어져 간다.

내 손가락에는 공기의 반지가 둘러 있고
그것은 온도에 따라 다른 색을 띤다.

기대의 과도함이 덜어지는 만큼
그는 자신의 윤곽을 다듬어 간다.

우리의 내부에서 은밀하게 작동하고 있는
아, 여기저기 입 맞추고만 싶은

얼굴의 문짝들로 바람이 들락날락하고
비행기가 이륙한다.

하늘의 배기음이 주는 적막감.

자꾸 두리번두리번
눈만 깜박이게 되는

\>

10.

공간과 예술 사이에서
그는 끝없이 젊어지고 있다.

테두리와 나 사이에서
색깔과 나 사이에서

우리 모두가 먹을 수 있을 만큼 그는
우리 모두의 손에 공평하게 쥐어져 있다.

사람들 머리마다 평화는 얹어져 있고
사람들 얼굴마다 평화는 덮어져 있다.

거리 곳곳을 누비는 공기를 두른 형체들
그곳에서 또다시 그는 구름의 단위로
한정 없이 새어 나오고 있다.

착해지지 말자 다짐할수록
시야에게 한없이 착해지는 시선들

\>

알록달록함 속에서
그가 꽃인지 나비인지 모르겠다.
끝날 것 같지 않은 푸름 속에서
그가 여자인지 남자인지 모르겠다.
일과를 마친 저녁 욕조 속에서
그가 물인지 열기인지 모르겠다.

그가 아이들 손에 연필로
쥐어져 있던 걸 본 적이 있다.

어쩔 수 없는 하늘의 사이즈를
한정 지으며 비둘기는 빙그르르 돈다.

그가 훨씬 더 잘 보여
가슴이 트인다.

11.
햇빛이 가득 담긴 컵 속에서
수사자의 자라나는 목덜미에서

눈결과 바람결이 만나는 지점에서

풍경의 얼굴을 한 그는
우리에게 다가오고 있다.

태양을 향해 뻗은 손바닥 위로 넘쳐흐르면서
아이가 아이에게 붙잡히기 직전에 내질러지면서

어느새 아무런 말도 못 하고
잿빛 연기 속에서 시름시름 떨어지는 날벌레들

유리창 뒤편에는
나뭇잎이 검게 드리워져 있고

서서히 잎자루들이
모로 누워 창을 바라보는 이의
등으로 심어진다.

그가 순간 떠오르는 생각을
입 밖으로 천천히 중얼거린다.

>
잎사귀가 수북한 나뭇가지는
잎사귀 없는 나뭇가지보다 가볍지,

날개 달린 새는
날개 없는 새보다 가볍고

상상할 수 있는 사람은
상상할 수 없는 사람보다 가볍지,

찻잔 속에서
목덜미 곁으로

잠잠, 잠들어 있는
아이의 얼굴에 조금 떨어져
손등을 대어 보는

우리의 머리 위에서부터
우리의 얼굴로 차차 옮겨 가는

결국, 나이거나

내가 아니거나 나인 이들에게
완성되고야 마는

꼭 평화가 아니어도
괜찮은 그런,

평화

12.
하루는 언제나 그 언저리에서
심해지고 진해져 간다.

전화를 기다리는 밤,
밤이 손목을 잡고 이야기한다.

나의 줄기가 너니?

어찌, 어찌,
어찌,

\>

할 수밖에 없는

바람

평화

바람

가없은 이들에게 더욱더
공평하게 불어오는

13.
잠시

책을

덮고

창을

>

열고

한−

반나절

산책하고

돌아오는

14.
이제 다시

창을

닫고

의자에

\>

앉아

숨

한번

깊게

들이켜고

곧바로

한 번 더

들이켜며

떠올려 보는

>
15.
평화

　나뭇잎 한둘을 잠시 위아래로 들추면 엿보이고 그 사이
로 불어오는 바람이 이마에 닿아 올 때 느껴지는, 띠를 이루
며 유동하는 물질이 주고 그 위에 올라탄 새의 시야로 바라
보는, 내가 하나하나 동그라미 쳤던 지도 속에 아직 머무르
고 어쩌면 그러한 곳에서 살아가고 있을 옛 친구들이 주는,
풍향계가 가리키는 방향에 따라 계속 걸어가 보는 길, 우연
히 발길에 차인 돌멩이로부터 튀어나온 꿈이 나의 꿈과 일치
해 더욱더 피부 밖으로 재촉하게 되는, 계속해서 눈길을 따
라 늘어서는 거리의 악기들이 당도의 시선을 받고 자신의 선
율을 건네는, 그러다 문득 고요히 드러나는 수풀 속에서 정
갈히 갈아입어 보는, 그렇게 또다시 마음의 가장자리에서부
터 서서히 찾아오는

　우리들이 마주 앉은 테이블 위에 환하게,

　환하게 떠 있는

>
우리의

16.
평화

마음껏 달려 보고
마음껏 공을 차 보고
마음껏 이야기해 보고
마음껏 투정해 보는

웅덩이 속 하늘이 주고
어항 속의 얼굴이 주고
그 속으로 힘껏 던져 보는 낚싯대가 주는

모든 낮의 일과가 끝난 뒤의 비췻빛 조도가 주고
그 여린 온도 속에서 어느새 눈앞 가득 흔들리는 버들잎
이 주는

하, 자유의 냄새

나는 그 안으로 들어갈 수 있을 것 같아

그대로 들어가 보는

그렇게 다시금 마음껏 상상해 보는

17.

몸체가 부드럽게 떨려 오는 아침 버스의 평화 조금씩 잠이 오는 평화 서서히 속도를 줄이는 평화 또 한 명 올라타는 평화 서서히 속도를 올리는 평화 머지않아 벨이 눌리는 평화 또 한 명 떠나가는 평화 그리고 또 한 명 더 떠나가는 평화 결국 나 혼자 남고 나서야 생각나는 미처 부르지 못한 평화 그러나 그보다 크게 '나를 봐, 나를' 계속 외쳐 주는 평화 내리쬐는 햇빛에 그대로 오므린 손을 펼쳐 보았을 때 발산하는, 한동안 가만히 닫혀 있던 눈꺼풀 속에서 넘실넘실하고 있을, 그리하여 완전히 한 꺼풀 벗겨진 시선으로 사람들을 평화롭게 쳐다보는 얼굴이 주는

그러한…

\>
우리의……

우리의

18.
평화!

19.
나란히 한 줄기씩 그의 소리가
뿜어져 나오는 연못 앞에서

우리가 만들어 놓은 것이
우리에게 보기 얼마나 좋은지

그만큼의 감정을 배경에 일으켜 주며
그는 새의 꽁무니를 눈으로 휙휙 따라가고 있다.

잠자리채에서 빠져나오는 햇살,

>

웅덩이마다 빗물이 내릴 때의 안도감으로

이제야 다리다운 다리를 건너는 사람들의 표정이 주는 설
렘으로

여기는 어디든 꼭지를 쉽게

찾을 수 있는

평화의 나라

언제든 손을 비틀면

그 맛을 느낄 수 있다.

20.

>
21.
오랜만에 적어 보는 평화,
오랜만에 바라 보는 평화,
오랜만에 사랑해 보는 평화,
오랜만에 쥐어 보는 평화,
오랜만에 확신해 보는 평화,
오랜만에 한없이 아득해질 정도로

평화,
평화,
평화

22.
경이롭게 들어 주는 천사들의 귀가
계속 쫑긋거리고

순간을 잘 마련할 수 있게 기다려 주는
천사들의 고개가 계속 끄덕이고

>
묘지로 가득한 시야를 한순간 닦아 내는
천사들의 눈물이 주는

그렇게 다시 깜박해 보는
얼굴 속에서 이 모든 것이
가짜가 아닐까 하는 생각이 주는
그러나 너무나 생생한 촉감에
부인할 수 없는

점차 안쪽으로
깊숙이 몰려드는 배경에

한
방
울

한
방
울

>
자아지며

이제 막 아이 손에서 떠난
모형 비행기 위에도

한
방
울

떨어지는

평화

23.
졸졸 따라오고 있다.

멀리서부터 이어지는 물줄기의 모습에
그렇게 말도 못 걸고 따라온 그는
냇가에 앉아 가만히 바라보고 있다.

>
아무도 모르는 평화로
아무도 말하지 못했던 평화로

물줄기 속에는
우리의 감정이 숨어 있다.

가만히 시선을 펼쳐
아직 때를 기다리고 있는

그와 그의 아이가
졸졸 콧노래를 부르며
따라가고 있다.

24.
평화가 흐른다면,
각 사람의 파인 마음의 웅덩이로
흘러갔으면 좋겠네

그렇게 흐르고 흘러

서로의 호수가 되었으면 좋겠네

평화가 흐른다면,
평화가 흘러가고 있다면,

새들의 목청으로
흘러갔으면 좋겠네

그렇게 흐르고 흘러
서로의 노래가 됐으면 좋겠네

평화가 흐른다면,
평화가 정말로 흐른다면

땅 밑의 씨앗에게로
흘러갔으면 좋겠네

그렇게 흐르고 흘러
서로의 숲이 되었으면 좋겠네

\>

평화가 흐른다면,
평화가 정말로 흐르고 있다면

사라져도, 그것을 또
바라볼 수 있었으면 좋겠네

25.
매력적인 사람들이 너무 많아,
발자국마다 떠오르는 평화

우리가 우리로 유산됐기 때문에
기꺼이 누려도 되는 평화

아직 시작조차 하지 않은 평화
그러나 잉크통에 가득 채워진 평화

내 손목 위에서
째깍째깍 돌아가는 평화

칸칸이 송곳으로 변하거나

칸칸이 주삿바늘로 변해 가는 평화

그래서 섣불리 다가설 수 없는 평화

그러나 그들의 인정과는
상관없는 인정을 받으며

여전히 우리 뒤에서
계속 돌아가는 평화

잘 저장되어 가고
잘 방류되어 가고
잘 증발되어 가는 평화

그리하여 또다시
기다리는 평화
운동하는 평화
메아리가 퍼지는 평화

그리하여 어느새
모든 중계가 끝난

텅 빈 운동장에서

무언가 만족스러운 평화

그리하여
그만 쓰고만 싶은

그러나
평화가 끝난 건지
내가 끝난 건지
구별이 되지 않아

끝나지 않고
계속해서 이어지는

우리의

평화

>
이렇게 마무리된 평화를
이렇게 시야 가득 부드럽고도 시원스럽게 채워진 평화를

구긴다. 구기고 구겨
땅바닥에 아무렇게나 내던진다.

그 진동 위를 걷는다.

'불안세계'를 관통하는 바슐라르적 상상력과 재귀적 질문들

최류빈(시인)

   '세계는 나의 도발'이라는 쇼펜하우어의 경구는 존재의 자의식에 물음을 던진다. 우리가 겪고 있는 세계의 혼란이 실재하는 것이 아니라 그저 나의 에고에 내존할 뿐이라는 것. 이 물음은 실존적 공포에 휩싸인 인간 존재에 대한 재귀적 질문으로 이어진다. 개인적 불안은 세계의 파편화를 야기하고, 궁핍한 우리는 이에 짓이겨질 수밖에 없는 운명론적 존재인가? 그러나 이 같은 의문이 떠오른다는 사실은 한편으로 '다행'이다. 만일 인간이 내적 평화를 일궈 낸다면 세계의 총체적 도발에도 응수할 수 있다는 역의 가능성을 위시하기 때문.

   그럼에도 정갈한 자의식을 갖고 세계를 바라보기란 늘 어렵다. 그저 세계 앞 인간은 추풍낙엽, 자아와의 합일이란 공허한 명제나 이데— 따위에 가까워 보인다. 안온한 자의식을 갈구하는 존재들의 바람은 어떠한 해解도 구하지 못하고 허황되게 고꾸라지기 다반사다.

이를 알면서도 혼곤한 세계의 문을 두드리는 자야말로 시인인 것 같다. 이들 또한 절대적 구도자의 모습을 띄지 않지만 저마다의 목소리를 통해 끊임 없이 노크하는 자야말로 시인일 것이다.

김상조 시인이 펴낸『시 바람 느끼기』는 세계의 도발 너머 '평화'를 상상하는 매개로 '공기'라는 소재를 선택한다. 한편으로 쾌청한 이미지가 연상돼 미려한 세계를 탁본하기에 좋은 이미저리인 것 같다. 허나 시집 전편에서 공기를 관류하는 시인의 발화는 역설적이게도 '처연'하다. 아름다운 세계는 죽었다. 그리고 시인이 곤고한 세계의 등 갈퀴를 잠재우는 방법으로 '바람'을 선택한 이유는 작품에서 적실한 언어로 드러난다.

건너편에는 미지의 사람이 살고 있다. 그 사람에 대해 내가 알고 있는 건 건너편에 살고 있다는 것 하나뿐이다. 때문에 그는 신비로움과 함께 내 여지 속에서 완전히 존재하고 있다. 그에게 무한한 호기심을 느끼는 난 그에 대한 관심을 끊을 수 없다. …(중략)… 이럴 때면 내 시야의 흐름에 감싸인 '나의 책상 나의 노트북 나의 책 나의 펜과 종이'가 무척 생동감 넘치게 변한다. 의문이 부풀어지고 집이 날 의자에 앉힌다. 그리고 쓰게 한다. 계속해서 쓴다. 넘겨본 공간엔 쓰고 있는 그의 실루엣이 보인다.

—「행방」 부분

1부는 혼돈과 방황 속에서 '시'를 통해 현실의 틈을 발견하는 과정을 보여 준다. 시「행방」에서 '건너편'에는 "미지의 사람"이 살고 있다. 작품을 여는 서시 격인 작품에서 시적 화자인 '그'는 '실루엣'만 드러난다. 그와 나를 잇는 매개는 오직 "커튼을 펄럭이"는 '바람'이지만 움직임만 있고 실체는 없다. 비극적 동중정動中靜을 사유케 한다. 형상은 있지만 가려져 교통할 수는 없다.

혼란한 세계 속 시인의 희망적 자의식을 선언하는 작품「행방」은 이번 시집이 '시인으로서의 존재성'을 모색할 것이라는 선포처럼 읽힌다. "미지의 사람"은 '미지의 나(시인)'와 겹쳐 보인다. 시적 화자의 호기심은 아직 자아를 향하지 않고 세계 외부나 타자를 향해 표출된다. 그러나 동일성의 획득은 실루엣에 가려 무한히 유보되고 있다. 한 가지 다행스러운 사실은 시인이 "계속해서 쓴"다고 언급한다는 것. 그것은 자아 회복을 희원하면서 어떻게든 세계와 합일하려는 시인들만의 방법론에 가깝겠다.

김상조 시인의 자아는 "유령"(「유령에게로」)이었다가 '시차'를 갖고 "문 두드리는 소리"(「나에게로」)로 위상을 바꾼다. 이어 "흉터처럼 알 수 없는 문양"(「비밀」)이 되는 등 이채롭게 천변만화한다. 거듭되는 고민 속에서 시인의 태도는 늘 "심각하"(「바람에게로」)다. 이 진중함은 아마도 한 권을 기획성 시집으로 만들 만큼 당찬 포부에 차 있는 시인의 시적 자의식에서 기인할지도 모른다.

> 서로를 소화하기 힘든 우리는 다른 식량을 찾아보지만 올해는 대기근이야 바람의 가격이 폭등해 먹을 수 있는 건 당신뿐인데
>
> ―「유령에게로」부분

시인의 탐구심은 자폐적으로 내적 자아에만 갇혀 있지 않다. 외부로 확장되는 시심은 '우리(혹은 서로)'로 이어지지만 아직 "당신 뿐"으로 한정하며 기표들은 의미의 층위에서 의도적으로 '무한히' 미끄러진다. 기의를 획득하지 못한 시인의 내적 정동은 외부 세계와 교섭하거나 희망을 탐닉한다. 유폐되어 가는 자기 존재와 세계를 처연한 언어를 매개로 뭍에 끌어낸다. 그러나 시인은 그 역인 '우리(서로)'라는 존재가 오히려 '나'를 기워 내는 방식도 가능하다는 것을 암시하는 듯하다.

> 서로에 대해서 충분히 확인한 우린 서로에게 층층이 달라붙어 점점 덜어지거나 불어나는 무게로 꽉 막힌 정적에 활성을 불어넣고 있었다.
>
> ―「행위」부분

이 같은 상호침투적 발상은 모순적이지만 루만[*]의 발상과

---

[*] 니클라스 루만, 이철·박여성 역, 노진철 감수, 『사회적 체계들』, 한길사, 2020.

같이 오히려 '역동적'이다. 「행위」에서도 불안한 자아를 구원하는 구세주로 '서로'를 제시하는데, 이는 시인의 전작 『서로라는 이름은』에서 택하던 방식의 연장선에 있다. 일관된 부르짖음이 지시하는 바는, 시인의 불안을 표상하는 고행의 끝에는 늘 엄동 혹한에 등을 맞대는 누군가가 있음이다. 서로라는 존재는 손깍지를 맞춰 가며 조악한 인간과 세계를 견디게 하는 구원자다. 시인은 계속해서 그 상상 속 적임자 혹은 매개로 '공기'를 상정한다.

시적 고난은 계속된다. 가스통 바슐라르에 따르면 질료적 4원소가 도발의 상이한 네 유형이 될 수 있다*고 하는데, 그중 '공기'는 인간을 고뇌하게 하고 이파리를 흔드는 격동적 정동으로 환치될 수 있겠다. 도처에 있어 우리에게 익숙한 질료지만 추측건대 아마 그 점이 시인의 눈길을 끌었을지 모른다.

불은 너무 뜨겁고 물은 너무 차다. 흙은 바스러지고 정적이다. 그러나 공기는 그 모든 것에 유동적으로 스민다. 인간의 내부를 순회하고 외부를 기워 내는 공기(바람)는 세계의 내외부를 모두 경유하는 헤르메스적 존재. 미지의 밖을 안으로 들여오는 메신저이며, 다시 안을 겉으로 치환하는 유일한 주체이다. 공기야말로 세계를 탐미하고, 탐닉하고, 호기呼氣롭게 타자에게 뻗어 나가는 숨이었다가, 주춤 숨는 흡기라는 아명을 갖는다.

이러한 공기를 매개로 이뤄지는 세계에 대한 성찰은 2부에서 보다 개성 있게 전개된다. 상상 속 시집 전문 서점에서 펼

* 가스통 바슐라르, 김병욱 역, 『물과 꿈』, 이학사, 2020.

쳐지는 '시 큐레이션'은 김상조 시인이 상정하는 개성 있는 시적 공간이다. 마치 몽중몽 혹은 소설의 액자식 구조 등 관련된 다양한 문학적 기법을 연상케 하는데, 그중 '큐레이션'은 시인의 자아를 한 걸음 뒤로 물려 형식적 층위에서 객관성을 담보하듯 의미를 전한다. 이는 기존의 메타포나 온갖 형식 매개적 수법과는 또 다른 독창적 시도로 다가온다.

시인 혹은 시적 자아는 몽상적 공간을 둘러보며 10편의 시를 읽다가, 모든 이미지들이 흩어지고 갑작스레 바람을 마주한다. 화자는 '상상'을 말미암아 '구름'이나 '해' '무지갯빛' '새싹'과 같은 동심 어린 언어로 희망의 세계를 그린다. 작품「맥을 따라 열리는」에서도 마찬가지인데 '잎사귀'는 떠는 것처럼 보이지만 "분명한 시도들이/ 일어나고 있다"는 언술은 온갖 시도들이 자못 진보적이라는 점을 환기한다.

돈은 카드에 있다 불은 나무에 있다 뇌는 머리에 있다 돈 없는 카드는 있다 나무 없는 불은 있다 뇌 없는 머리는 없다 돈 없는 카드는 카드가 아니다 돈 없는 카드도 없다 나무 없는 불은 불이 아니다 나무 없는 불도 없다 돈과 불과 뇌가 많다 따뜻하다 배부르다 안락하다 이해가 많이 된다 눈물과 웃음이 넘친다 괴로워진다. 카드가 없다 나무가 없다 괜찮아졌다 멋있어졌다 또다시 괴로워진다 카드가 있다 돈을 모두 뺀다 나무가 있다 불을 모두 뺀다 괜찮아졌다 멋있어졌다 눈치가 없다 뇌가 뜨겁다 눈물과 웃음이 넘친다 카드가 있다 나무가 있다 머리가 있다. 오목한 곳에 물이 있었다.

—「차茶」 전문

그중 2부의 총체를 응축하는 모나드 격 작품으로 「차」를 꼽아 볼 수 있다. 시인은 언표들의 미끄러짐과 대칭, 연쇄 작용에 착안하는 유려한 전개를 보여 주는데 "돈은 카드에 있다"와 "뇌는 머리에 있다"는 사실 서술, "불은 나무에 있다"는 가능성의 언술, "돈 없는 카드는 있다"와 "나무 없는 불은 있다" 등도 사실을 적시했으나 시적으로 승화된 문장들이다. 두 종류의 서술과 '뇌'와 '머리'와 '카드'와 같은 각각의 표상들을 뒤섞는데, 의미가 확정되는 것은 무한히 불가능해지고 지연된다.

그것은 시인이 의도한 바와 같은데, 기표들의 의미 확정이 무한 연기(epoche)된다면 명사를 덜어 내고 동사와 형용사 위주로나마 시적 의미를 추론해 볼 수 있다. 용언을 둘러보더라도 "괴로워진다"거나 "웃음이 넘친다"는 등 여러 표현들이 이어진다. 상충되는 기표들은 어느 층위에서 보더라도 확정할 수 없지만 필자들에게 용언이 일관되게 전달하는 전위적 느낌 그 자체가 시가 의미하는 바일 수 있다.

바람의 흐름은 3부로 뻗어 나가면서 '합일'을 목도한다. 시적 존재의 가벼워짐을 묘사해 대기와 내가 하나가 되는 모습, 무화가 아닌 탄생의 합일을 바라는 듯한 묘사가 많다. 그 하나의 단례로 2부 「관다발 보수 작업」과 같은 작품에서 예견됐듯 시인은 '신화'적 모티브를 차용한다. 인간이 불가능성 앞에서 신앙을 떠나 '신'을 찾는 것은 다른 방도가 없을 만큼 절박한 때다. 시인의 시는 무신론자가 시를 부르짖는 목소리처럼 절실한 구석이 있다.

'바람 신화' 연작은 4부의 「오르와」로 나아가기 위한 초석과 같다. 3부 전체가 4부의 숭결한 시상으로 승화되기 위한 교두보와 같다. 그 과정은 지난한데, 오히려 신을 부르짖지 않는 「바람의 끝점에서」 같은 작품에서 시인의 퇴폐적 낭만과 고뇌가 여실히 드러난다.

안쪽 입술로 공기의 말단을 물고 비비고만 싶어

빛은 가고 불만 남은 통째의 공간 이 속에 푹 이 궐련을 찔러 넣고

뜨겁게 말려들어 오는 연길 들이켜고 싶다 흠뻑 빨아들이고 싶다

피로로 찌든 말단의 가지들 모두 부러지고 다시 길게 자라나고

새 가지의 말단에서 포도송이처럼 마냥 새롭게 부풀어 가는 공기주머니

어둠은 아주 잘 농축되고 아주 잘 팽창하고 주머니를 감싸

는 혈관들 그 안 줄기차게 공급되는 꿀벌들

　　　　　　　　　　　　　—「바람의 끝점에서」부분

　원초적 욕망의 표상과 같은 담배, 궐련은 연무를 만들어 낸다. 인간이 담배를 물고 있는 동안 하늘로 상승하는 연기를 뿜어내고 개개인은 '걷는 제단'이 된다. 그러나 이 바람은 희묽고 뿌옇다. "흠뻑 빨아들이"는 것이 수직적인 바람의 움직임을 만들지만, 그것은 '어둠'의 '농축'을 만들면서 이뤄지지 않는 바람이 된다. 시인의 욕망은 원초적 매개가 아닌 '바람 신화'나 '오르와'와 같은 초월적 존재, 달리 말해 이데아의 도달은 피투된 세계에서의 허우적댐이 아니라 담배 등으로 표상되는 세계의 불순물들을 걸러 내면서 기투될 수 있다는 사실을 보여 준다.

　4부는 해의 고도에 따른 화자의 심경들을 메타포한다. 상승과 하향, 수직과 수평의 기하학적 이미지를 통해 대기와 시적 자아가 하나 되는 모습을 보여 준다. 과정 속에서 시적 화자는 '오르(히브리어로 빛)'를 탄생시키고, 역동적 패러다임을 풀어낸다.

　시에는 화살표로 제시되는 다양한 기호들이 등장한다. '절정'에 도달하는 전반부를 임의로 나눠 보자면 전반부 전개는 '↗→↘↙↗↗↗↗↘↙→→→↗↑'과 같다. 뒤이어 ↓로 치닫더니 'O'와 함께 시상이 마무리된다.

24. ↓

—「오르와」 부분

 특히 최대 고도와 최대 하강을 상징하는 '↑'과 '↓'는 시의
전말을 밝히는 좋은 소도구가 된다. 상기 공백은 '↓'의 전문
을 인용한 것이다. 하강은 그 어떤 말도 없이 '침묵'하는 시
다. 그러나 이어지는 '↑'에서는 구체적 언술을 행하며 "날
개를 접고 허공의 금을 향해 파고 들어가는 새의 형상들/ 우

리는 때때로 그러한 움직임을 새보다 더 잘 표현할 수 있었다"고 말한다. 시에서 욕망의 대상으로 동물이 등장하는 것은 이례적이지 않지만, 동물을 초월하려는 의지를 드러내는 추락은 긴 말을 삼간다. '↓'은 비장하다. 추락하는 자는 말이 없다던가.

기호들은 주식장의 오르내림 같기도 하고, 근현대사를 관통하며 유행해 온 난해시도 떠올리게 만든다. 각각의 언어들은 기호의 방향과 맞물려 상승과 하강 이미지, 혹은 수평적(유보적) 이미지를 진술한다. 중요한 사실은 수많은 반복과 상승-하강 끝에 결국 돌아오는 것은 원형('○'). 원의 이미지는 결국 존재의 불온함이 격양되거나 침잠하는 일련의 과정이 모두 순환이라는 사실을 드러낸다. 그런 의미에서 원형의 기호와 세계의 불안, 시인의 입 모양이 우로보로스적으로 보인다.

> 또, 아침이 시작되었어
>
> 이제, 힘을 좀 빼고 살아가야겠어
>
> 들어오지 못했던 보다 많은 것들이
>
> 내게로 들어오는 느낌이 좋아
>
> —「오르에게」 부분

4부를 매조지는 작품 「오르에게」에는 수수께끼의 단서가 제시된다. "힘을 좀 빼고 살아가야겠"다는 시인의 말은 빛과 바람, 흡기와 호기, 절망과 희망, 사랑과 증오가 양면성을 갖고 합일한다는 사실을 상기시킨다. 이러한 맥락에서 '오르'를 사용했는데, 오르란 누구도 모르는 초월적 존재를 상정하는 듯하다. 제우스나 예수, 마호메트나 익숙한 성자들을 제시할 수도 있었지만 반드시 '오르'여야만 했던 것 같다. 한국 문화권에서 대다수가 모르는 초월자를 상정한 이유는, 실존하고 있지만 우리에게 각인되지 않은, 그래서 신의 존재를 지감하지 못하는 인간들의 사실태를 보여 준다. 그러나 시를 통해 초월적 존재가 "내게로 들어오는 느낌"을 힘을 빼며 느끼는 순간, 초월자는 시적 자아라는 현존재의 아명을 얻는다.

끝으로 5부는 반복과 변주를 통해 행과 열을 리드미컬하게 반복한다. 항구적 평화에 대한 바람을 담아내는 데 총 25편의 연작시가 작은 노트 형식으로 제시된다. 초입에서 "이 시의 목적은 간단하다. 그저 만족스러울 때까지 평화를 나열하는 것이다"라는 선언에 충실하게 시가 제시된다. 그러나 시가 이 언술에 복무하지는 않는 듯하다. 평화는 '칸칸이 송곳으로 변하거나/ 칸칸이 주삿바늘로 변해 가는 평화// 그래서 섣불리 다가설 수 없는 평화'(『평화平和에게로』 25번 부분)의 모습을 하거나 "혈압을 재면 그대로/ 무너질 것만 같은(『평화平和에게로』 7번 부분)" 감각 속에 혼재한다. 불안을 동반하는 희망에 대한 노래는 안쓰럽다. 무언가를 희구하는 간절한 몸짓을 하겠노라 초입에서 선언할 수 밖에 없는 실정이다.

그냥…… 지금의 햇빛이 좋아
그래, 퍼져라 잔잔하게

잔잔하지 않게

——「평화平和에게로」 부분

　아울러 희망을 기원하는 방식에도 시적 자아의 이중태가 혼재해 있다. 여러 시상을 거쳐 '햇빛'에 맞닿은 공기(바람) 모티브는 5장에 와서 '퍼져' 가는데 잔잔하면서도 잔잔하지 않기를 시인은 바란다. 의도적인 '의미의 상충'으로부터 명확한 의미 획득이 지연되는 동안, 시인은 읽는 이에게 사유할 시간을 제공한다. 그러면서 과감하게 운문에 결합된 산문적 흐름을 필두로 독자가 자연스럽게 시적 서사를 따라올 수 있도록 유도한다. 시 속에 흡인력 있는 다음 공간을 마련한다. 글 속에 바람의 길을 흐르게 해 독자들이 언어의 미끄럼틀을 타게 만드는 양태를 보여 준다. 이는 이야기시 혹은 담시의 형태를 부분적으로 활용하는 이번 시집의 기획과도 맞물려 독특한 미감을 자아낸다.

　가스통 바슐라르는 일찍이 자서*에서 '공기적 심리'가 난폭함보다는 부드러운 숨결의 역동성이라는 결론에 봉착했다. 희망에 대한 노래가 쉽지 않은 것임을 김상조 시인은 일찍이 안다. 5장 말미에 "이렇게 마무리된 평화를/ 이렇게 시야 가득 부드럽고도 시원스럽게 채워진 평화를// 구긴다. 구기고 구겨/ 땅바닥에 아무렇게나 내던진다"는 문장은 그 증거다. 자아와 세계의 합일이 지리멸렬하고 바람과 빛, 신의 엄숙함과 온갖 모티브들을 경유하는 빛의 세계도 구현 불가능에 가

---

* 가스통 바슐라르, 정영란 역, 『공기와 꿈』, 이학사, 2020.

까울 만큼 세계는 쇠락해 있다. 진실은 획득하기 어렵고 '바람(Wish)'은 손가락 사이를 모두 빠져나가는 듯하다.

그럼에도 시인은 계속 걷는다. "그 진동 위를 걷는다"라는 시집의 종언 격 문장은 의연하다. 그것은 의미의 미끄러짐 틈새에 잠복해 있다. 겉으로 드러나지 않는 묵묵한 진동이자 바람의 가르마들, 형언할 수 없는 고매한 시인의 태도다.

시집을 떠난 이야기지만 이 같은 내적 자아와 치밀한 사유에도 불구하고 시인은 수더분한 모습에 더벅머리를 했다. 그는 '불'이나 '물', '땅'과는 달리 천연덕스럽게 머리를 뒤로 쓸고 가르마를 만드는 '공기'와 어울리는 사람인 것 같다. 이 같은 맥락에서 김상조 시집의 웅숭깊은 상상력과 미려한 문장들은 '공기적 화법'이라 명명하기에 적격인 것 같다. 바람에 세를 준 까치집, 천연덕스러운 미소로 날카로운 세계를 언술하는…… 김상조는 그런 시인인 것 같다.

천년의시인선